MARK BENECKE
KANNIBAL. JAGDRAUSCH

MARK BENECKE
mit Dennis Sand

KANNIBAL. JAGDRAUSCH

Kriminalroman

Sämtliche Angaben in diesem Werk erfolgen trotz sorgfältiger Bearbeitung ohne Gewähr. Eine Haftung der Autoren bzw. Herausgeber und des Verlages ist ausgeschlossen.

1. Auflage
© 2023 Benevento Verlag bei Benevento Publishing München – Salzburg, eine Marke der Red Bull Media House GmbH, Wals bei Salzburg

Alle Rechte vorbehalten, insbesondere das des öffentlichen Vortrags, der Übertragung durch Rundfunk und Fernsehen sowie der Übersetzung, auch einzelner Teile. Kein Teil des Werkes darf in irgendeiner Form (durch Fotografie, Mikrofilm oder andere Verfahren) ohne schriftliche Genehmigung des Verlages reproduziert oder unter Verwendung elektronischer Systeme verarbeitet, vervielfältigt oder verbreitet werden.

Medieninhaber, Verleger und Herausgeber:
Red Bull Media House GmbH
Oberst-Lepperdinger-Straße 11–15
5071 Wals bei Salzburg, Österreich

Satz: MEDIA DESIGN: RIZNER.AT
Gesetzt aus der Minion, Gist Rough, Futura, Norwester
Umschlaggestaltung: ZERO Media, München
Umschlagmotive: FinePic®, München
Autorenillustration: © Claudia Meitert/carolineseidler.com, nach einem Foto von Dennis Ostermann & Jens Howorka
Printed by Finidr, Czech Republic
ISBN 978-3-7109-0157-7

VORSPIEL

Dunkelheit. Da war nur Dunkelheit. Eine vollkommene Finsternis. Er konnte regelrecht fühlen, wie sie in ihn gekrochen war. Sie beherrschte ihn. Seinen Körper, seinen Geist, seinen Willen.

Der schmächtige Mann öffnete die Augen und starrte an die Decke. Bewegungslos lag er da. Er war ganz ruhig. Als würde er nicht mehr er selbst sein. Die kleine Wohnung war abgedunkelt. Die Vorhänge zugezogen, die Fenster geschlossen. Kein Geräusch drang von der Außenwelt herein. Vierundzwanzig Quadratmeter. Eine abgeschlossene Welt für sich.

Er fragte sich, wie spät es wohl war. War es Tag? War es Nacht? Er hatte die letzten drei Tage nicht mehr richtig gelebt. Nur noch funktioniert. Geschlafen. Gegessen. Getrunken. Dann wieder geschlafen. Unendlich lange geschlafen. Er hatte die kleine Wohnung nicht verlassen. Er musste erst einmal verarbeiten, was geschehen war.

Die letzten Tage waren ein einziger Ausnahmezustand gewesen. Kurz flackerten die Bilder wieder auf. Das Blut. Die Schreie. Das Fleisch. Ein Ekel überkam ihn. Genug. Nicht mehr darüber nachdenken. Er hatte getan, was getan werden musste. Es gab kein Zurück mehr. Jetzt galt es, nach vorn zu schauen.

Es musste weitergehen.

Der Schmächtige stand auf und zog einen der schweren dunklen Vorhänge zur Seite. Es war tiefste Nacht. Nur der Vollmond erleuchtete den Himmel ein wenig. Er schaute aus seinem Fenster hinunter auf die Großstadt. Von hier oben hatte er einen guten Blick über alles, was um ihn herum geschah. Aber es war nicht viel zu sehen. In den Hochhäusern, die gegenüber seiner Wohnung lagen, brannte nur noch vereinzelt Licht. Auf der großen Hauptstraße fuhren lediglich ein paar Autos vorbei.

Er schloss die Vorhänge wieder und streifte durch das kleine Wohnzimmer. Ein unangenehmer Geruch von Fäulnis lag in der Luft. Bei jedem Schritt knisterte die Plastikfolie unter seinen Füßen. Er hatte den kompletten Raum damit ausgelegt. Das war nötig gewesen. Dann betrachtete er die Wände. Sie waren mit Papieren behangen. Keine einzige Stelle war frei geblieben, alles war beklebt. Er streckte seinen linken Arm aus und streifte sachte, beinahe liebevoll über die Zettel, die für ihn ein Teil seiner selbst gewesen waren. Gedanken. Ideen. Träume. Ängste. Alles hatte er auf ihnen festgehalten.

Und er kam kaum hinterher. Ständig waren da neue Gedanken in seinem Kopf. Viel zu viele, um sie zu ordnen, zu sortieren. Er schaute noch einmal auf die vollbehangenen Wände. Das hier war nur ein erster Schritt. Er wusste, dass er weiter gehen musste. Dass er weit über jede Grenze hinausgehen musste, die er je für vorstellbar gehalten hatte. Er hatte Angst. Angst vor dem, was noch kommen würde. Aber er fühlte sich auch bereit. Das war er schon lange. Schon seit seiner Kindheit. Vielleicht sogar schon seit seiner Geburt. Er war dafür vorgesehen. Er war etwas Besonderes.

Und jetzt war die Zeit gekommen. Der schmächtige Mann öffnete die Küchentür.

Er schaute sich im Raum um. Vor ihm stand eine schwarze Mülltüte auf dem gefliesten Boden. Er hatte sich zu lange davor gedrückt. Aber da musste er jetzt durch. Er griff nach einem Stuhl, zog ihn in die Mitte des Raums und schüttete den Inhalt des Müllsacks vor sich aus. Ein Schwarm von Fliegen kam ihm entgegen, sie verbreiteten sich schnell im gesamten Raum.

Der schmächtige Mann musste würgen. Vor ihm lagen Dutzende von Leichenteilen. Er hielt sich den Arm vor den Mund und drehte sich weg. Er brauchte ein paar Sekunden, um klarzukommen.

Als sich sein Magen wieder etwas beruhigt hatte, nahm er sich sein Werkzeug, griff eines der Leichenteile und begann langsam das Fleisch von den Knochen herunterzuschaben.

1

Das war keine gute Idee. Bastian Becker lehnte sich in seinem Sitz zurück und starrte durch das Fenster auf die lange Hauptstraße. Ein Wagen reihte sich an den anderen. Alles war komplett dicht. Da ging gar nichts mehr.

»… *im Berliner Osten sind große Teile der Landsberger Allee bis zur Höhe Wuhletal gesperrt. Dreizehn Kilometer Stau, umfahren Sie das Gebiet im besten Fall weiträumig. Auf der …*«

Becker schaltete das Radio wieder ab. Hätte er doch bloß nicht das Auto genommen.

Becker starrte wieder auf die Straße. Es war nicht mehr weit. Noch ein paar Hundert Meter vielleicht. Aber hier bewegte sich einfach gar nichts mehr. Kompletter Stillstand. Der Verkehr war tot. Er schaute auf die Uhr. Er war schon verdammt spät dran. In seinem Kopf begann es zu arbeiten. Er schaute einmal nach links, einmal nach rechts, dann zuckte er mit den Schultern. Ach, was soll's. Er lenkte seinen Wagen über den Fahrradstreifen, halb auf den Bürgersteig, drückte auf das Gaspedal und fuhr einfach an den anderen Autos vorbei.

Die Reaktionen hatte er erwartet. Mit ihrer Körpersprache gaben die anderen Autofahrer ihm zu verstehen, dass es nicht gerade die besten Wünsche waren, die man ihm da übermittelte. Berlin halt. Becker hob entschuldigend die linke Hand, als er an ihnen vorbeifuhr, nickte geduldig als Zeichen, dass er verstanden hatte, was für ein Arschloch er doch sei, und war schließlich erleichtert, als er am Ende der Straße schon das kreisende Blaulicht erkennen konnte. Bastian Becker war am Ziel. Endlich. Selten war er so erleichtert, an einem Tatort angekommen zu sein.

Er parkte seinen alten Peugeot gleich hinter einem Polizeiwagen, zog den Untersuchungskoffer vom Beifahrersitz und ging auf die Beamten zu, die am rot-weiß gestreiften Absperrband Stellung bezogen hatten.

»Hallo«, nickte er den beiden uniformierten Männern zu und zog seinen Ausweis hervor. »Bastian Becker. Ich bin Sonderermittler und …«

»… ist schon okay«, hörte er eine ihm bekannte Stimme. »Er gehört zu uns.«

Die beiden Polizisten gingen einen Schritt zur Seite, und vor Becker stand Hauptkommissarin Kami Bogatsu. Sie lächelte. Zumindest für den Bruchteil einer Sekunde. Vielleicht bildete sich Becker das aber auch nur ein.

»Habe ich das gerade richtig gesehen, dass Sie …«

»… war nur eine kleine Abkürzung«, winkte Becker ab. »Keine große Sache.«

Bogatsu schüttelte den Kopf. Becker schaute auf die Uhr. Er war nur dreißig Minuten zu spät. Das ging noch.

»Was haben wir hier?«, fragte er.

»Zu viel, um heute Nacht ruhig schlafen zu können. Zu wenig, um zu wissen, was los ist«, knurrte sie. Bogatsu war ziemlich mies drauf. Und das wollte was bedeuten.

Becker kannte sie schon lange. Sie war eine außergewöhnliche Person. Eine groß gewachsene Frau, die sich ihre Haare auf eine Drei-Millimeter-Frisur heruntergestutzt hatte, das sah man nicht alle Tage im deutschen Polizeidienst. Viel mehr beeindruckte ihn allerdings ihr Werdegang. Bogatsu war die erste Frau, die es geschafft hatte, innerhalb kürzester Zeit so schnell aufzusteigen, dass sie mit Anfang dreißig schon Hauptkommissarin und für die Ermittlungen von besonders harten Fällen zuständig war. Sie galt nicht nur als außerordentlich gerissen und gewissenhaft, sie war auch jemand, die sich gerne an einem Fall festbiss. Wenn sie irgendeine Spur hatte, dann ließ sie nicht mehr locker. Das mochte Becker. Er war ja nicht anders.

»Schauen Sie sich das Ganze einmal selbst an«, sagte Bogatsu und nickte in Richtung der großen Müllbehälter, die an einer Häuserfassade standen.

Becker streifte sich Handschuhe über und ging langsam auf die Müllbehälter zu. Die Kollegen von der Spurensicherung waren bereits mit ihrer Arbeit fertig. Es stand nur noch ein einzelner Polizeifotograf herum, der ein paar Bilder von der Umgebung machte.

Es lag ein süßlich-fauliger Geruch in der Luft. Wahrscheinlich vom Abfall. Verschimmeltes Obst, dachte Becker und betrachtete den schwarzen abgewetzten Koffer, der vor ihm stand und um den herum einige neongelbe Tatortaufsteller angeordnet waren.

»Das hier?«

»Das hier.«

Okay. Becker hatte etwas anderes erwartet. Eine Leiche. Vielleicht sogar zwei Leichen. Immerhin hatte Bogatsu ihn extra dazugeholt. Als Privatermittler wurde er eigentlich nur in besonders schwierigen Fällen hinzugerufen. Kostete die Stadt ja schließlich Geld. Aber das? Ein Koffer. Na gut.

Becker ging in die Hocke. Er zog einen Kugelschreiber aus der Tasche und öffnete damit vorsichtig den Reißverschluss des Koffers. Das Ding schien wirklich alt zu sein. Mindestens dreißig oder vierzig Jahre, dachte er.

In dem Moment spürte er, wie jemand ihn an der Schulter berührte. »Na«, hörte er die vertraute Stimme seiner Partnerin Janina Funke. »Hast du es dir auch noch einrichten können?«

»Es war viel los«, sagte Becker.

»Du siehst beschissen aus, Bastian.«

Beschissen. So fühlte er sich auch. Vielleicht hatte er sich irgendwas eingefangen. Oder einfach nur zu wenig geschlafen. Wahrscheinlich eine ungesunde Mischung aus beidem.

Becker öffnete mit dem Kugelschreiber den Koffer, legte den Kopf schräg und betrachtete das, was er vor sich sah. Scheiße. Damit hatte er nicht gerechnet. Knochen. Das gesamte Ding war voller

Knochen. Vorsichtig wog er seinen Kopf und nahm Maß. Dann schaute er zu Funke. Sie nickte. Die beiden dachten dasselbe. Das waren nicht irgendwelche Tierknochen. Dafür waren sie groß. Nein, das waren Menschenknochen. Und unter den Gebeinen lag ein Buch.

»Darf ich?«, fragte Becker die Hauptkommissarin und zeigte auf den Koffer.

»Nur zu, die Spurensicherung ist bereits durch«, sagte sie. Becker breitete eine kleine Decke aus und nahm die einzelnen Knochen vorsichtig aus dem Koffer, um sie darauf abzulegen. Er zählte sie durch. Fast sechzig Stück. Becker nickte. Das kam hin, dachte er. Der Mensch hat so viele Knochen. Die Gebeine, die hier lagen, waren die größten aus dem menschlichen Skelett. Dazu Rippen, Oberschenkelknochen, Wirbelsäule, zumindest soweit er das erkennen konnte. Es fehlten ein paar kleinere Knochen, aber die waren meist nur wenige Zentimeter groß und ließen sich problemlos auch sonst wie entsorgen. Aber noch etwas fehlte. Der oder die Schädel.

»Wer auch immer das gemacht hat, der- oder diejenige weiß, was er oder sie tut«, sagte Becker mehr zu sich selbst als zu den anderen. Er wusste jetzt, warum Bogatsu ihn angerufen hatte. Für Ermittler war ein solcher Fund schwirig. Ohne Schädel lässt sich ein Skelett nur schwer einer Person zuordnen. Die eindeutigen Erkennungsmerkmale wie das Gebiss fehlten. Könnte knifflig werden.

Dann betrachtete er das Buch, das ebenfalls in dem Koffer lag. Es war ziemlich alt. Und nicht mehr im besten Zustand. Becker betrachtete den Titel. *Ludwig Bechsteins Märchenbuch*. Hatte er noch nie gehört.

»Wie haben Sie den Koffer gefunden?«, fragte Becker die Hauptkommissarin. Die zeigte auf einen großen Müllwagen, der an der Straßenkreuzung stand. Davor zwei Männer mit orangen Warnschutzlatzhosen. »Die Jungs haben uns informiert.«

»Kann ich mit ihnen sprechen?«

»Klar, darum sind sie noch hier. Sie warten schon seit …« Bogatsu schaute auf ihre Uhr. »… fünfunddreißig Minuten auf Sie.«

»War viel los«, sagte Becker noch einmal.

Dann ging er auf die Männer zu. Sie standen an eine Hauswand gelehnt und zogen gelangweilt an ihren Zigaretten. Becker grüßte, sie nickten zurück.

»Sie haben diesen Koffer entdeckt?«, fragte er.

»Ham wa doch schon der Kollegin erzählt«, sagten sie etwas ungeduldig.

»Schon klar, Jungs. Aber ihr wisst doch – deutsche Behörden. Wollen immer alles doppelt und dreifach wissen.« Becker zog ebenfalls eine Zigarette aus seiner Tasche und steckte sie sich an. Dann lehnte er sich zu den Männern an die Wand. »Wo war der Koffer?«

»Na, gleich hier«, sagte einer der Männer und zeigte auf den großen Müllbehälter.

»Der Koffer war im Behälter?«

»Nee, Chefchen«, schüttelte der Mann den Kopf. »Er stand daneben, leicht geöffnet. Als wir ihn genommen haben und in den Wagen schmeißen wollten, da kam uns die ganze Scheiße schon entgegengeflogen.«

»Die Knochen?«

»Die Knochen, ja. Sauerei ist das doch.«

»Ick hab ja schon vieles jesehen in zwanzig Berufsjahren, Chefchen«, mischte sich nun der zweite Mann ein. Er war sehr viel größer und trug einen stolzen Bauch vor sich her. »Die Leute schmeißen ja alles weg mittlerweile. Aber ditt? Ist ditt ne Leiche, oder wie? Einfach in'n Koffer und zu? Is doch ne Frechheit.«

»Keine Ahnung, was genau das ist«, sagte Becker und nahm einen tiefen Zug. »Im Moment sind es nur Knochen. Zu wem oder zu was die gehören, finden wir hoffentlich bald raus.«

Becker schaute seine Partnerin an. Funke nickte ihm zu. Die beiden dachten dasselbe. Merkwürdige Sache. Wer einen Koffer voller menschlicher Knochen entsorgen wollte, der ging vorsichtiger vor. Das hier wirkte beinahe so, als ob jemand wollte, dass man die Knochen fand.

»Meister? Können wa so langsam abdüsen hier?«

Sein Kollege tippte auf seine Uhr. »Eigentlich haben wir schon seit einer halben Stunde Feierabend.«

»Ich habe keine Fragen mehr.«

Bogatsu nickte. »Wir haben alles. Danke, meine Herren.«

Während sich die drei Männer in ihren Wagen setzten und ihn an der Absperrung vorbei zurück auf die große Hauptstraße lenkten, ging Becker ein paar Schritte vom Fundort weg. Er musste jetzt das große Ganze zusammenfügen. Er setzte sich seine Kopfhörer auf und schaltete seinen kleinen tragbaren Kassettenrekorder an. Klassische Musik. Bach. *Sonate Nr. 2*. Das brauchte er jetzt. Der Lärm der großen Stadt verschwand hinter den Violinen, und Becker war nun ganz bei sich. Er lief einmal über das abgesperrte Gelände und schaute sich um. Ging ein paar Schritte zurück. Verschaffte sich einen Überblick. Er drehte sich einmal um seine eigene Achse. Dann erkannte er, dass sich die Plattenbauten auf einer Art Insel befanden. Sie standen inmitten einer großen kreisrunden Grünfläche. Kein Park. Mehr eine Hundewiese mit ein paar Bäumen. »Perfekt«, nuschelte Becker vor sich hin.

Bogatsu betrachtete den Privatermittler, wie er weiträumig über das Geländer tänzelte. Sie schaute zu Funke, die nur mit den Schultern zuckte. So war er halt. Becker hatte schon immer seine ganz eigenen Methoden. »Geht es ihm gut?«, fragte Bogatsu.

»Ich denke schon«, antwortete Funke. »Lassen Sie ihn einfach, Kami. Er ist immer dann am besten, wenn er ganz für sich ist.« Die beiden beobachteten Becker, wie er zu der Wiese ging und diese inspizierte. Er ließ sich Zeit. Ging in die Hocke. Fuhr mit seinen Händen durch das noch feuchte Gras. Stand auf. Ging ein paar Meter weiter. Dann wiederholte er das Prozedere. Nach gut zwanzig Minuten kam er zurück zu den anderen.

»Und?«, fragte Funke.

Becker setzte seine Kopfhörer ab und schüttelte den Kopf. »Nichts«, sagte er. »Keine Spuren.«

»Das ist schlecht«, sagte Bogatsu.

»Nicht unbedingt«, erwiderte Becker und ging auf den Koffer zu. Er setzte sich auf den harten Straßenboden und zog ihn zu sich heran.

»Ich brauche einen Schraubschlüssel.«

Funke kniete sich neben ihren Partner, öffnete den Untersuchungskoffer, den er ihr gegeben hatte, und zog einen kleinen Schraubschlüssel heraus.

»Perfekt«, sagte Becker und begann das Kugellager von dem Rollkoffer aufzuschrauben. »Was machen Sie da?«, fragte Bogatsu.

»Spuren sichern. Wenn der Koffer nicht gerollt, sondern getragen wurde, dann haben wir vielleicht ein paar unverfälschte Spuren vom eigentlichen Tatort.«

»Und woher wissen Sie, dass er getragen wurde?«

»Weil er keine Spuren auf der Wiese hinterlassen hat«, sagte Becker.

Funke reichte ihm eine Pinzette, mit der er ein paar Haare und Federn zwischen den Rollen herauszog, um sie anschließend in einen kleinen Druckverschlussbeutel zu stecken. Daraufhin kratzte er noch ein wenig Erde von den kleinen Rädchen und steckte sie mit der Pinzette in ein zweites Beutelchen. Das hatte die Spurensicherung anscheinend übersehen.

»Was genau ist das?«, fragte Bogatsu.

»Ein Anfang«, antwortete Becker.

2

Es war kalt. Verdammt kalt. Becker betrachtete die grauen Fliesen und richtete seinen Blick dann auf den Obduktionstisch vor ihm. Auf dem glänzenden Edelstahl lagen die Knochen aus dem Koffer so angeordnet, dass man nun klar das Skelett erkennen konnte. Auf der anderen Seite des Tischs stand Katharina Lingen und stellte ihre Ergebnisse vor. Lingen war eine junge, aber umso begabtere Rechtsmedizinerin, Mitte zwanzig, frisch von der Universität, aber schon ziemlich abgebrüht … oder schon immer abgebrüht. Gerade hatte sie im Schnelldurchlauf alle Befunde vorgetragen, nun legte sie das Klemmbrett zur Seite und kam zum entscheidenden Punkt. »… wir können also mit Sicherheit sagen, dass das hier menschliche Knochen sind. Und so, wie es aussieht, gehören sie alle zur selben Person.«

»Wissen wir, ob unser Knochenhaufen ein Mann oder eine Frau ist?«, fragte Bogatsu, die neben Becker und Funke stand und wesentlich ausgeschlafener als die beiden wirkte.

Die Rechtsmedizinerin zeigte auf die Beckenknochen. »Bei dieser schmalen Hüfte können wir mit Sicherheit sagen, dass es sich um einen Mann handelt«, erläuterte sie. »Etwas schwieriger wird es bei der Frage, wie alt unser Freund hier war. Es gibt ein paar Möglichkeiten, das ungefähre Alter zu bestimmen. Gut wären dafür die Zähne.« Lingen machte eine kurze Pause, stemmte beide Fäuste in die Hüften und schaute auf den Obduktionstisch. »Aber leider fehlt unserem Freund hier ja der Schädel.« Sie schaute zu Bogatsu. Die Hauptkommissarin zog eine Augenbraue hoch.

»Es gibt aber auch noch andere Möglichkeiten, das Alter eines Skeletts zu bestimmen«, fuhr Lingen fort. »Schauen Sie, im Inneren der Knochen gibt es einen ganz besonderen Aufbau.« Sie nahm ein Stück von der Wirbelsäule in die Hand. »Ein beinahe schwammartiges Gewebe. Wir nennen das die *Bälkchenstruktur*. Je älter man wird, desto mehr nimmt die Festigkeit dieser Bälkchen ab. Daraus können wir herleiten, dass unser Kollege hier schon gut fünfzig bis sechzig Jahre alt gewesen sein muss, als er gestorben ist.«

Becker nahm einen Schluck von seinem Kaffee und rieb sich über sein Gesicht.

»Und *wann* ist er gestorben?«, fragte Bogatsu weiter.

»Das nur anhand der Knochen zu bestimmen ist so gut wie unmöglich …«

»Dann kommen wir doch zur wichtigsten Frage: Liegt hier ein Verbrechen vor oder nicht? Und bitte …«, sagte sie und setzte ein überbetont freundliches Lächeln auf, »… eine kurze Antwort.«

»Ich kann es sehr kurz machen«, sagte Lingen kühl. »Ich weiß es nicht.« Sie steckte die Hände in die Taschen ihres weißen Kittels. »Es spricht nichts dafür. Die Knochen weisen keine Brüche oder Risse auf. Das heißt, es gibt keine Anzeichen für Gewalteinwendung. Auf der anderen Seite …«

»… fehlt uns der Schädel«, ergänzte Bogatsu. »Ich weiß. Wir drehen uns im Kreis.«

»Es gibt aber dennoch etwas, das ungewöhnlich ist«, sagte Lingen, trat einen Schritt auf den Tisch zu und nahm sich einen Beinknochen. »Schauen sie«, sagte die Rechtsmedizinerin und hielt den anderen einen Knochen entgegen. »Das hier, auf der Oberfläche, das sind deutliche Schabspuren. Und die finden wir überall.«

»Schabspuren?«, fragte Bogatsu.

Die junge Rechtsmedizinerin nickte.

»Und das deutet nicht auf ein Verbrechen hin? Wenn Knochen abgeschabt sind?«

»Nein, nicht unbedingt. Die Spuren müssen nachträglich entstanden sein. Der Kollege war bereits tot, als man ihm das Fleisch heruntergeschabt hatte.«

Bogatsu verzog das Gesicht. »Was zur Hölle …?«

»Das ist alles kein Zufall«, sagte Becker, der bislang ungewöhnlich still geblieben war. Er trat einen Schritt nach vorn und stemmte sich mit beiden Händen auf dem Obduktionstisch ab. Sein Blick lag auf den Knochen. Stille im Raum. Man hörte nur das Brummen der Kühleranlagen. Becker fuhr mit seinem Zeigefinger leicht über die Oberfläche der Gebeine. »Warum sollte jemand so gewissenhaft das Fleisch von jedem einzelnen Knochen abkratzen? Wenn es jemandem nur darum gehen würde, Spuren zu verwischen, dann könnte er das wesentlich einfacher haben.« Er ließ eine kurze Pause. »Mit Chemie zum Beispiel«, fuhr er fort. »Es gibt Waschmittel, die er ohne Probleme in einem Supermarkt hätte einkaufen können. Alles in eine Wanne schütten, Leichenteile rein, Fleisch zerfällt. Wäre keine große Sache gewesen. Aber das hier … ich meine, schaut euch doch mal diese kleinteilige Arbeit an.«

Becker nahm einen der Knochen und hielt ihn in das grelle Licht der Obduktionslampe. »Das Fleisch wurde mühselig abgeschabt. Das macht man nicht so nebenbei. Das ist wirkliche Handarbeit.«

»Und was schließen Sie nun daraus?«, fragte Bogatsu, die langsam ungeduldig wurde.

»Ich glaube, dass es dem Kerl in erster Linie nicht darum ging, die Spuren zu verwischen. Ich glaube, dass es ihm um das Fleisch ging.«

»Kommen Sie schon, Becker«, entfuhr es Bogatsu, die langsam die Geduld verlor. »Sagen Sie schon, was Sie uns sagen wollen! Warum soll es ihm um das Fleisch gegangen sein?«

Becker schaute die Hauptkommissarin direkt an. »Ich glaube, dass der Typ, der das gemacht hat, ein Kannibale ist.«

Bogatsu zuckte für den Bruchteil einer Sekunde zusammen, versuchte sich aber nichts anmerken zu lassen und ungerührt zu bleiben. »Kommen Sie schon, Becker«, sagte sie. »Das ist doch wirklich nicht ihr Ernst. Ich habe sie zu dem Fall hinzugezogen, damit Sie uns bei den Spuren helfen. Nicht, damit sie uns irgendwelche Horrorgeschichten auftischen.«

»Das ist keine Horrorgeschichte«, sagte Becker. Er war ganz ruhig. »Es passt alles zusammen. Und ich würde noch einen Schritt weiter gehen«, sagte er. »Ich glaube, dass unser Täter uns eine Botschaft hinterlassen hat.«

»Ich sehe die Botschaft nicht«, sagte Bogatsu.

Er wollte, dass wir das alles finden. Die Jungs von der Müllabfuhr meinten, dass der Koffer offen gewesen wäre. Da ist jemand, der seine Verbrechen nicht verstecken will.«

Bogatsu massierte sich die Schläfen. Die Wendung, die dieser Fall plötzlich nahm, hatte sie so nicht erwartet. Insgeheim wäre es ihr doch am liebsten gewesen, wenn sich alles schnell aufgeklärt hätte. Alte Knochen. Mindestens hundert Jahre alt, Herkunft nicht mehr zu ermitteln, Fall abgeschlossen und danke schön, gern geschehen. Aber jetzt das. Ein Kannibale. Mitten in Berlin. Das hatte ihr gerade noch gefehlt. Als hätte sie nicht schon genug Mist auf ihrem Schreibtisch liegen.

»Also gut, Becker. Klären Sie uns auf. Was hat es mit dem Koffer auf sich?«

»Sagt Ihnen der Name Issei Sagawa noch etwas?«

»Nein, sollte er?«

»Sagawa ist einer der bekanntesten Kannibalen-Mörder der Geschichte. Ein Japaner. Er tötete und verspeiste eine junge Frau. Mit einer beinahe liebevollen Sorgfalt hatte er ihr vorher sorgfältig das Gewebe von den Knochen geschabt.«

»Das ist ja schön für diesen Samwa…«

»Sagawa.«

»Sagawa, meinetwegen, aber was hat das mit unserem Fall zu tun?«

»Sagawa wurde damals erwischt, als er die Leichenteile in einem Koffer durch Paris zog.« »Koffer, abgeschabte Knochen. Haben wir sonst noch etwas?«

»Das Märchenbuch«, sagte Funke. »In dem Koffer war ein Märchenbuch. Wenn ich mich richtig erinnere, hatte Sagawa damals in einem Verhör angegeben, dass er sich schon sehr früh von einem bestimmten Märchen angezogen fühlte. Von *Hänsel und Gretel*.« Sie schaute zu Becker rüber. Der nickte.

»Natürlich«, sagte Bogatsu. »Was auch sonst.«

»Ich habe mir das Buch gestern Abend noch einmal mit den Jungs von der Spurensicherung genauer angesehen. Es ist eine sehr alte Ausgabe von einer berühmten deutschen Märchensammlung. Ungewöhnlich gut erhalten. Dürfte einigermaßen wertvoll sein«, sagte Funke. »Allerdings fehlen ein paar Seiten. Sie wurden fein säuberlich entfernt. Und so wie ich es nachvollziehen konnte, stand auf den fehlenden Seiten eine ganz bestimmte Geschichte.«

»Lassen Sie mich raten, es war *Hänsel und Gretel*.«

Funke nickte. »Das würde zu Bastians Vermutung passen …«

Bogatsus Gesichtsausdruck verfinsterte sich. »Haben Sie noch irgendeine andere Erklärung für die Schabspuren an den Knochen?«, fragte sie die Rechtsmedizinerin.

Katharina Lingen schüttelte den Kopf. »Ich sehe da nur zwei Möglichkeiten«, sagte sie. »Entweder wollte jemand vermeiden, dass man herausfinden kann, wem diese Knochen gehören.«

»Oder?«

Lingen schaute einmal in den Raum. »Oder jemand wollte an das Fleisch von den Knochen kommen. Aus welchem Grund auch immer. Das kann ich nicht beurteilen.«

»Scheiße.« Bogatsu fasste sich mit beiden Händen an den Kopf. »Scheiße! Wirklich. Das ist einfach eine riesengroße Scheiße!«

Das musste jetzt einfach mal raus.

Sie atmete zweimal tief durch, um sich ein wenig zu beruhigen. »Was ist mit den restlichen Spuren, die Sie am Koffer gefunden haben, Becker? Haben wir da schon was?«

»Wenig aussagekräftig«, sagte er. »Ich habe heute Morgen die Ergebnisse aus dem Labor bekommen. Staub, Erde, ein paar Haare und ein, zwei Federn. Die Haare haben laut Spurensicherung keine Treffer in den polizeilichen Datenbanken ergeben. Sie könnten vom Täter sein, aber genauso gut vom Opfer. Oder von der Straße, über die der Koffer irgendwann einmal gerollt wurde.«

»Becker, Sie sprechen hier schon von einem Täter. Wenn ich das richtig sehe, dann haben wir noch überhaupt keinen Beweis vorliegen, dass es irgendeine Tat gegeben hat.«

»Na ja«, sagte Becker und legte seinen Kopf schräg. »Jemand hat das Fleisch von Menschenknochen heruntergeschabt.«

»Die Knochen könnten uralt sein. Vielleicht hat jemand sie irgendwo ausgegraben und einfach so an ihnen, nun …«

»… herumgespielt?«

»… herumgespielt. Meinetwegen. Ist das möglich?«

»Möglich wäre es. Wahrscheinlich ist es eher nicht.«

»Was ist mit den Federn?«

»Hühnerfedern. Auch das bringt uns nicht weiter. Es gibt viele Hühner in diesem Land.«

»Okay, gehen wir ganz abgeklärt an die Sache heran«, sagte Bogatsu und stemmte ihre beiden Fäuste auf den Obduktionstisch. »Wir haben keine eindeutigen Anzeichen für ein Verbrechen vorliegen, richtig?«

»Wir haben sehr deutliche Hinweise auf ein Verbrechen.«

»Wir haben auch überhaupt keinen Beweis, dass es sich hier um einen Fall von Kannibalismus handelt. Das sind alles nur Vermutungen.«

Die anderen schwiegen. Das Summen der Kühlbehälter war deutlich zu vernehmen.

»Sie haben drei Wochen, Becker. Drei Wochen. Und ich brauche Beweise. Richtige Beweise. Nicht nur irgendwelche Vermutungen und alte Fälle aus Japan.«

»Geht klar.«

»Gut«, sagte Bogatsu und klopfte mit ihrem goldenen Ring einmal auf den Obduktionstisch. »Drei Wochen. Danach landet der Fall in der Schublade. Mehr kann ich Ihnen für einen Knochenfund und klare Beweise für ein Verbrechen nicht geben.«

3

Frische Luft. Endlich. Das half jetzt. Besser noch als die viel zu dünne Plörre, die sie einem hier als Kaffee einschenken wollten. Becker zog seine Zigarettenpackung aus der Tasche und blickte in den Himmel. Es waren graue Wolken aufgezogen. »Ich verstehe das nicht«, sagte er und klopfte seine Jacken- und Hosentaschen ab. Wo war doch gleich …?

»Was verstehst du nicht?«, fragte Funke und hielt ihm mit ausgestreckter Hand ein Feuerzeug entgegen. »Dass man dir nicht gleich um den Hals fällt, wenn du eine deiner wilden Vermutungen auf den Tisch packst?« Becker steckte sich seine Zigarette in den Mund, beugte sich nach vorn und bildete mit seinen Händen einen kleinen Windschutz. Er sog, bis die Zigarette sich entzündet hatte. Dann blies er den Rauch aus und legte dabei den Kopf in den Nacken. »Vermutungen«, sagte Funke, »die du im Übrigen nicht einmal im Ansatz belegen kannst. Auch wenn die Ähnlichkeiten zum Sagawa-Fall … nun … auffällig sind.«

»Nein«, antwortete Becker. »Das meine ich nicht.« Er gab seiner Partnerin ein Zeichen, dass er gern eine kleine Runde gehen wollte. Becker schaute sich um. Eine gut gepflegte Gartenanlage. Drinnen verwesen die Leichen, und draußen blühten Rosen und Nelken. Er spazierte mit Funke ein paar Schritte über das weitläufige Gelände der Rechtsmedizin.

»Ich meine«, setzte er schließlich wieder an und führte seine Gedanken aus. »Ich meine, dass es jedes Mal so ein unglaublicher Kampf ist, wenn man einer ungewöhnlichen Spur nachgehen will. Und es wird immer schlimmer. Man erwartet mehr und mehr. Und ist gleichzeitig immer weniger bereit, Dienstzeit in so einen Fall reinzustecken.«

Becker blies den Rauch aus und lenkte Funke in Richtung Parkplatz.

»Kein Geld. Keine Arbeitskraft. Man geht nur den konkreten Spuren nach. Man denkt nicht mehr weiter. Dabei ist das doch der beste Weg, um in alle Richtungen zu ermitteln und einen Fall schließlich zu lösen.«

Becker blieb kurz stehen. Schloss die Augen. »Erst wenn man das Unmögliche ausgeschlossen hat, muss das, was übrig bleibt, die Wahrheit sein. So unwahrscheinlich sie auch klingen mag.«

»Schönes Zitat«, lächelte Funke. Sie kannte es bereits. Arthur Conan Doyle. Beckers Lieblingsschriftsteller. Es gab viele Gelegenheiten, bei denen er den Sherlock-Holmes-Erfinder zitierte.

»Aber du weißt, dass es aus einer Zeit stammt, in der die Dinge noch ein wenig anders liefen, ja?«

»Polizeiarbeit ist Polizeiarbeit. Die Methoden ändern sich vielleicht, aber im Kern geht es doch immer um dasselbe. Spuren finden. Den Spuren nachgehen. Und wenn man sich verrannt hat, dann geht man ein paar Schritte zurück und wagt einen neuen Anlauf.«

»Bastian«, sagte Funke beinahe nachsichtig und legte ihre Hand auf seine Schulter. »Du weißt doch besser als jeder andere, wie die Lage ist. Du weißt doch, dass die meisten Behörden völlig überlastet sind und mit den Ermittlungen kaum noch nachkommen. Ich kann mir vorstellen, wie Kamis Schreibtisch aussieht.«

Funke ließ eine kurze Pause. Wahrscheinlich ziemlich genauso wie der von Bastian, dachte sie und erinnerte sich an die hohen Aktenstapel, die sich bei ihm auftürmten.

»Ja«, lenkte Becker ein. »Vielleicht liegt es auch an Kami«, sagte er. »Vielleicht liegt es daran, dass ich immer dachte, dass sie eine von uns wäre. Dass sie genauso denken würde wie wir. Dass sie offen an einen Fall herangeht …«

»Sie ist eine von uns. Aber sie sitzt jetzt auf einem Posten, auf dem sie viel Druck verspüren wird. Wo man von ihr Ergebnisse verlangt. Komm schon, Bastian, du kennst Kami. Sie hat uns drei Wochen gegeben. Das ist doch in Ordnung.«

Becker nahm einen letzten Zug von seiner Zigarette und schnippte sie dann auf den Boden. Er schaute noch einmal in den Himmel. Die grauen Wolken hatten sich zugezogen. Bald würde es wieder anfangen zu regnen. Es war ein wirklich beschissener Herbst. Dann zog er die Autoschlüssel aus seiner Tasche.

»Ich will mich ja nicht beschweren, Janina«, sagte er, als er sich in den Wagen schwang. »Ich beschwere mich nie, das weißt du. Ich beschwere mich nicht, wenn es viel zu tun gibt. Ich mache einfach meine Arbeit. Ich mag es nur nicht, wenn man mir Steine in den Weg legt.«

»Niemand hat dir Steine in den Weg gelegt. Und genau das ist dein Problem, Bastian.«

Becker fegte mit einer ausladenden Handbewegung die leeren Plastikflaschen vom Beifahrersitz. Schreckliche Unordnung. Er musste den Wagen mal wieder aufräumen. Und waschen. Und durchsaugen. Er wartete, bis Funke ebenfalls eingestiegen war. Nachdem sie die Tür geschlossen hatte, drehte sie sich zu ihm.

»Bastian, ganz ehrlich. Ich mache mir Sorgen.«

Becker schaute seine Partnerin an. Das war jetzt nicht das, was er hören wollte. »Ich merke doch, dass du wieder anfängst, dich in eine Sache reinzusteigern. Du hast eine Idee in deinem Kopf und klammerst dich an ihr fest. Ich sage ja gar nicht, dass diese Sagawa-Spur falsch sein muss. Aber du solltest offen für alles bleiben.«

»Ich *bin* offen. Aber ich gehe einer Spur nach.«

»Einem Verdacht. Und der ist so weitläufig, dass ...« Sie winkte ab. Das wusste er ja selber.

»Bastian, wir arbeiten einfach schon lange nicht mehr wirklich ...« Sie suchte nach einem passenden Wort. »... nutzbringend.«

»Nutzbringend?«

»Du weißt, was ich meine. Du nimmst jeden Auftrag an. Und gehst jeder Spur nach, egal wie unbedeutend sie ist. Und nicht selten verzettelst du dich. Und zwar komplett. Wir sind ein Zwei-Personen-Unternehmen. Das kann so nicht funktionieren.«

»Bitte verschone mich mit deinem Betriebswirtschaftsquatsch.«

»Es geht doch gar nicht ums Geld, Bastian. Schau dich an, du arbeitest dich zu Tode.«

Becker drehte sich zu seiner Partnerin um. »Ich *muss* einer Spur nachgehen, wenn sie für mich Sinn ergibt. Ich kann nicht wegsehen. Das konnte ich noch nie. Und das weißt du.«

Natürlich wusste sie das. Sie wusste auch, dass Becker nicht mehr bei der Polizei arbeitete, weil er sich mit seinem Sturkopf dort nicht einbringen konnte. Wenn es eine Regel gab, dann brach er sie. Nur weil er sich so starr an seine eigenen Grundsätze klammerte. Aber sie konnte sich das trotzdem nicht mehr lange mit ansehen. Sie sah, wie er an seinem Eifer zugrunde ging.

»Bastian, ganz ehrlich. Geht es dir wirklich gut?«

Becker verzog das Gesicht. Was sollte das? Funke wusste doch, dass er so etwas nicht mochte. Dieses … zwischenmenschliche Gequatsche. Das war nichts für ihn. War es nie gewesen. Konnte er nicht. Wollte er auch nicht können. Becker lebte für seine Arbeit. Das war seine Welt. Tote. Blut. Spuren. Knochen. Damit konnte er umgehen. Ein ruhiger Tatort war ihm schon immer lieber als eine überfüllte Kneipe. Spuren sind stumme Geschichtenerzähler, und die mochte er deutlich mehr als lautstarkes Gelaber.

»Mir geht es … na, wie soll es mir schon gehen?«, riss sich Becker aus den Gedanken. »Mir geht es so, wie es mir immer geht.« Er dachte kurz nach. Ja. Das traf es ganz gut. So wie immer. Keine Veränderung. Nicht gut. Nicht schlecht. Normal halt. Er drehte den Zündschlüssel um und startete den Motor.

»Weißt du, Bastian, was ich dir gestern gesagt habe, das meinte ich schon ernst …«

Becker schaute in den Rückspiegel und lenkte den Wagen von dem fast noch leeren Parkplatz auf die Straße.

»Dass ich beschissen aussehe?« Hatte er sich gemerkt.

»Ja«, lächelte sie. »Lass uns versuchen, diese Sache nicht allzu ernst zu nehmen, okay? Nur dieses eine Mal. Lass uns nicht übertreiben, ja?«

Becker nickte. Er tat das nur, um seine Partnerin etwas zu beruhigen. Er wusste, dass sie das wusste.

»Du weißt, dass ich recht habe, nicht wahr?«

Er zuckte mit den Schultern.

»Du weißt, dass von Arthur Donan Coyle auch noch ein anderes Zitat stammt«, sagte sie, nachdem die beiden sich einige Minuten angeschwiegen hatten. »Er sagte einmal: ›Nichts ist trügerischer als eine offensichtliche Tatsache.‹«

Becker lächelte. Dann lenkte er den Wagen auf die große Hauptstraße.

4

Dunkelheit. Ihn umgab schon wieder diese furchtbare Dunkelheit. Wann würde er sie endlich hinter sich lassen können? Der schmächtige Mann lag auf dem Boden und starrte in das tiefe Schwarz um ihn herum. Er hatte tausend Gedanken in seinem Kopf. Sie waren alle gleichzeitig da. Und nicht einen bekam er zu fassen. Es war ein fürchterliches Durcheinander. Eine Mischung aus Angst und Wut. Aus Hass und Hoffnungslosigkeit. Eine Mischung, die ihn noch in den Wahnsinn treiben würde. Er fühlte sich so fürchterlich einsam. Wieso war niemand da, der ihn verstand? Wieso war niemand da, der ihn so sehen konnte, wie er wirklich ist? Seine Gedanken kreisten schneller und schneller. Ihm wurde schlecht.

Doch dann war da plötzlich Stille. Von einem Moment auf den nächsten. Alles wurde plötzlich ganz klar. Und was, fragte er sich, was, wenn er nicht vielleicht schon längst wahnsinnig war?

Für einen kurzen Moment beruhigte ihn dieser Gedanke. Wenn er wahnsinnig war, dann war er auch nicht schuldig. Dann war er nicht verantwortlich für seine Taten. Der Schmächtige fühlte eine ungeheure Leichtigkeit bei diesem Gedanken. Aber sie hielt nur kurz an.

Was für ein Unsinn! Er war nicht wahnsinnig. Er war nicht verrückt. Er wusste genau, was er getan hatte. Und er wusste, warum er es getan hatte. Er hatte es lange geplant. Und dann handwerklich so umgesetzt, wie er sich das zuvor vorgestellt hatte. Er war erstaunt über sich selbst. Erstaunt darüber, dass er in der Lage dazu gewesen ist, diese unvorstellbare Tat durchzuführen. Dass er im richtigen Moment einfach funktioniert hatte. Er war ein Stück weit über sich selbst hinausgewachsen. Und das machte ihn auch stolz. Ein Gefühl, das er nicht oft verspürte.

Der Mann starrte an die Decke. Er musste mit diesen Träumereien aufhören, dachte er. Nicht immer alles durchdenken. So wie seine Eltern ihm das damals schon immer gesagt hatten.

Er raffte sich auf und verbot sich selbst, jetzt an seine Eltern zu denken. Das war nicht der richtige Zeitpunkt. Das würde nur wieder neue schlechte Gedanken nach sich ziehen. Er musste sich jetzt ablenken. Als er durch das Wohnzimmer ging, merkte er, dass er seit gestern nichts mehr gegessen hatte. Er stellte sich vor seine Wand, die mit Hunderten von Zetteln behangen war, und machte sich auf die Suche nach einem ganz bestimmten Blatt Papier. Er ging von links nach rechts. Suchte alles ab. Wo war es denn nur?

Dann sah er es. Er löste das Blatt von der Wand und ging damit in die Küche. Es stank mittlerweile ein wenig nach Verwesung. So ganz bekam er den Geruch nicht aus den Wänden.

Aber es war besser geworden. Vielleicht hatte er sich auch nur daran gewöhnt. Er wusste nicht, was er noch hätte machen sollen. Den Boden hatte er mehrfach durchgewischt. Es waren keine Blutspuren mehr zu sehen. Nur auf der Anrichte sammelten sich die toten Fliegen. Und auf dem Küchentisch fand er immer wieder Maden, die er einfach nicht loswurde. Aber auch daran hatte er sich gewöhnt. Irgendwann würden sie schon verschwinden, dachte er. So wie alles irgendwann einfach verschwindet.

Er stellte den Herd an und entzündete das Gas. Dann zog er aus einem Schrank eine alte Gusseisenpfanne heraus und stellte sie auf die erhitzte Platte. Der schmächtige Mann schaute sich das Blatt Papier noch einmal genau an. Es war ein Rezept. Nicht sonderlich kompliziert. Aber manchmal, das wusste er, hatten die einfachsten Dinge die größte Wirkung. Er goss ein wenig Öl in die Pfanne und ging zum Kühlschrank. Dort zog er sich ein großes Stück Fleisch heraus, legte es in die Pfanne, und das heiße Öl fing laut an zu knistern. Der Geruch stieg ihm in die Nase. Er lächelte zufrieden.

5

Janina Funke schloss für einen kurzen Moment die Augen und lächelte. Das war er. Dieser ganz eigene Geruch, den es so nur in alten Bibliotheken gab. Ein schwerer, aber gleichzeitig süßlicher Duft von gealtertem Papier, der sich mit dem harzigen Geruch der Holzregale verband. Sie dachte zurück an ihre Studienzeit. Wie viele Tage hatte sie damals in der Universitätsbibliothek verbracht? Wie viele Bücher hatte sie dort gelesen? Es waren unzählige. Wahrscheinlich aber erinnerte sie sich mehr an die besondere Stimmung, die an diesem Ort herrschte, als an die Inhalte der Bücher.

Sie ging ein paar Schritte durch das Antiquariat. Ihre Schuhe klackerten auf dem alten Holzboden. Dann erinnerte sie sich zurück an ihre Kindheit. Als ihre Großmutter sie das erste Mal mitgenommen hatte in die kleine Bücherhalle der Gemeinde. Auf dem Dorf, in dem sie ihre frühe Kindheit verbracht hatte, gab es sonst nicht viel. Ein Besuch in der Bücherhalle war für sie immer der Höhepunkt der Woche. So viel gab es dort zu entdecken.

Funke streifte weiter durch den kleinen Raum. Die Wände waren voller Regale, die bis zur Decke reichten und mit Büchern vollgestellt waren. Vorsichtig fuhr sie im Vorbeigehen mit dem Finger über die Buchrücken. Sie hatte großen Respekt vor den zahlreichen alten Bänden. Hinter einem kleinen Tresen stand ein alter Mann in einem karierten Hemd, das er sich in die Hose gesteckt hatte. Das musste der Besitzer des Ladens sein. Der Alte schaute kurz auf, als er Funke sah, nickte ihr freundlich zu und versank dann wieder in einem großen aufgeschlagenen Buch, das er vor sich liegen hatte.

Bastian würde es hier gefallen, dachte Funke. Das war ein Laden ganz nach seinem Geschmack. Sie schaute sich noch einmal die Titel an, die auf den Buchrücken verzeichnet waren. Eine Ordnung konnte sie nicht feststellen. Alte historische Kochbücher standen neben Krimis, Gedichtbände neben Sachbüchern, dazwischen viele Romane. Langsam näherte sich Funke dem Inhaber, der erst aus seinem Buch aufsah, als sie direkt vor ihm stand.

»Wie kann ich Ihnen helfen, junge Dame?«

»Ich suche nach einem Buch«, sagte Funke. »Nach einem ganz besonderen Buch.«

Sie legte einen Zettel auf den Tisch. Der alte Mann zog das kleine Papierstück zu sich rüber und zog die Augenbrauen hoch.

»Kennen Sie das?«

»*Ludwig Bechsteins Märchenbuch*, aber natürlich kenne ich das. Die bebilderte Ausgabe. Die Erstfassung müsste aus der Mitte des 19. Jahrhunderts stammen.«

»1853.«

»Ja, 1853, das kommt hin.«

»Was können Sie mir über dieses Buch sagen?«

»Nun, junge Dame, es ist das, was wir wohl einen Klassiker nennen würden. Eine der frühesten deutschen Märchensammlungen. Zusammengetragen von Ludwig Bechstein. Ein wirklich interessantes Buch.«

Funke wollte mehr erfahren.

»Was hat es mit dieser Märchensammlung auf sich?«

»Wissen Sie, im frühen neunzehnten Jahrhundert fingen die Romantiker an, sich für ihre kulturellen Ursprünge zu interessieren. Volkskunde nannte man das. Und irgendwann kamen sie auf die Idee, alte Sagen zu sammeln und zusammenzustellen. Das übernahmen die Gebrüder Grimm. Ihre sogenannten *Kinder- und Hausmärchen* sorgten für riesige Begeisterung. Plötzlich gab es viele Nachahmer, die alte Volksgeschichten herausgaben. Die meisten waren nicht viel wert. Einer der wenigen, der damals zumindest annähernd an den Erfolg der Grimm-Brüder herankam, war ebenjener Ludwig Bechstein.«

Funke hörte dem alten Mann aufmerksam zu. Eigentlich waren diese ganzen Hintergründe für sie gar nicht so wichtig. Sie wollte auf etwas anderes hinaus. Aber sie wollten den Mann auch nicht unterbrechen. Zu sehr schien er in seinem kleinen Vortrag aufzugehen. Man sah ihm an, dass er gern erzählte. Der Alte war eine Mischung aus Professor und Märchenonkel. Und ein klein wenig erinnerte er Funke auch an ihren Großvater. Kaum jemanden hatte sie so geliebt wie ihn. Bis er viel zu früh an einem Herzinfarkt gestorben war. Funke schüttelte die Erinnerungen wieder ab. Was war heute nur los mit ihr? Sie war doch sonst nicht so.

»Was machte seine Märchensammlung so besonders?«, fragte sie den Alten.

»Bechstein hatte viele der Geschichten von den Gebrüdern Grimm übernommen. Aber er hatte jeweils eine andere Fassung der Geschichte gewählt. Das waren kleine, aber doch sehr feine Unterschiede. Und er hatte auch noch ein paar andere Märchen zusammengetragen, die bislang niemand gefunden hatte. Außerdem …«, der Alte tippte auf das Papier, das vor ihm lag, »… hatte Bechstein irgendwann die ziemlich gute Idee, ein paar Bilder mit in das Buch aufzunehmen. Holzschnitte. Das war in dieser Ausgabe erstmalig gemacht worden«, sagte er und tippte erneut auf das Zettelchen. »Bei Familien war das sehr beliebt.«

»Ist dieses Buch viel wert?«

»Sie meinen die Originalausgabe von 1853?«

»Genau.«

Der Alte wiegte den Kopf von links nach rechts. »Nein«, sagte er. »Ich denke nicht. Es kommt natürlich auf den Zustand an. Bücher in diesem Alter, die einwandfrei erhalten sind, haben immer einen gewissen Wert. Aber dieses Buch wurde so oft vervielfältigt – bis heute noch finden Sie davon aktuelle Auflagen … dafür werden Sie nicht viel bekommen.«

»Was meinen Sie mit ›nicht viel‹?«

»Ich würde auf fünfzig bis hundert Euro tippen.«

»Das bedeutet, dass dieses Buch noch oft im Umlauf ist?«

»Nein«, sagte der Alte. »Das muss es nicht unbedingt bedeuten. Ich kann mich nicht erinnern, jemals ein Exemplar davon gehabt zu haben.«

»Können Sie herausfinden, wie selten es ist?«

Der Alte nickte und stellte sich an den alten klobigen Computer, der auf seinem Tisch stand. Er setzte seine Brille auf und tippte langsam und schwerfällig auf der Tastatur herum. »Ich schaue einmal im Zentralverzeichnis nach«, sagte er, zog die Augenbrauen hoch und legte den Kopf leicht in den Nacken, während er auf den Monitor starrte und wartete. »Das dauert ein wenig«, schob er entschuldigend hinterher. Man sah ihm an, dass er mit der Technik so seine Schwierigkeiten hatte.

»Keine Sorge«, lächelte Funke. »Ich habe Zeit.«

Nach einigen Sekunden war der Alte dann so weit. Er schüttelte den Kopf. »Nein«, sagte er. »Deutschlandweit wird das Buch derzeit nicht verkauft. Wie vermutet, es ist zwar nicht viel wert, aber dennoch recht selten.«

»Wissen Sie«, sagte Funke, »ich habe eines davon, und …«

»… Sie wollen es verkaufen.«

»Nein«, lächelte sie. »Ich will einfach nur gern wissen, wo es herkommt und ob man irgendwie zurückverfolgen kann, ob eines dieser Bücher in den letzten Monaten oder Jahren irgendwo hier in Berlin über ein Antiquariat verkauft wurde.«

»Das ist unmöglich«, sagte der Alte. »Das kann man nicht zurückverfolgen.« Er machte eine kurze Pause und kratzte sich am Nacken. »Das wäre dann höchstens ein Glückstreffer.«

Eindringlich schaute er die freundliche Frau an, die da vor ihm stand und so ungewöhnliche Fragen stellte. Was wollte sie nur? Mit so einem Anliegen hatte sich noch nie jemand an ihn gewendet. Aber dann fiel ihm etwas ein. Er nahm ein kleines Stück Papier, griff den Kugelschreiber, der vor ihm lag, und schrieb eine Adresse auf.

»Fragen Sie einmal hier nach«, sagte der Alte. »Das ist ein Antiquariat, das sich unter anderem auch auf Märchenbücher spezialisiert hat. Es wäre nach wie vor ein Glückstreffer. Aber die Wahrscheinlichkeit, dass *Ludwig Bechsteins Märchenbuch* irgendwann einmal in diesem Laden stand, ist höher als anderswo.«

»Ich danke ihnen«, sagte Funke, steckte das kleine Papier in die Tasche und lächelte den älteren Herren an. »Wirklich, Sie haben mir sehr geholfen.« Dann machte sie sich daran, den kleinen Laden zu verlassen. Als sie sich gerade umdrehte, hörte sie das Glöckchen über der Eingangstür und sah zwei Personen durch die Glastür eintreten, die ihr seltsam vertraut vorkamen. Funke kniff die Augen zusammen. Eine Frau, etwa in ihrem Alter, groß, rot gefärbte Haare und auffallend grüne Augen. Sie trug ein Kostüm und eine teure Handtasche. Hinter ihr ein etwas jüngerer Mann, er trug seine schwarzen Haare über die Stirn gekämmt.

Funke dachte nach. Woher nur …? Die Frau kam näher und ihre Blicke trafen sich. Sie blieb stehen. Schien dasselbe zu denken. Es brauchte ein paar Sekunden, dann …

»Janina? Janina Funke! Das gibt es ja nicht …«

»Franziska. Bist du das?«

Natürlich war sie das. Sie hatte sich kaum verändert. Klar, sie war ein paar Jahre älter geworden. Aber die Jahre standen ihr gut.

»Ist das lange her …«

Es war sogar verdammt lange her, dachte Funke. Franziska Schäfer. Ausgerechnet Franziska. Franziska war damals in derselben Klasse wie sie. Eine Zeit lang waren sie so etwas wie beste Freundinnen. Bis Funke dann wegziehen musste und die beiden sich aus den Augen verloren hatten. Was für eine Zufallsbegegnung!

Franziska fasste Funke am Arm und strich ihr über die Schulter. »Das gibt es doch nicht! Wie schön, dich wiederzusehen!« Sie rang regelrecht nach Worten. »Du … du siehst gut aus«, strahlte sie Funke an.

Die beiden waren ein gutes Stück weit überwältigt davon, sich hier, mitten in einem kleinen Antiquariat im Berliner Westen, wiederzutreffen. Wer hätte schon damit rechnen können?

»Kennst du noch meinen Bruder?«, fragte Franziska und ging einen kleinen Schritt zur Seite. Da stand er. Marcel. Zwei Jahre jünger als die beiden. Natürlich erinnerte Funke sich. In der Schule war er ein fürchterlicher Außenseiter. Aber Funke mochte ihn. Sie hatte schon immer ein Herz für Menschen, die ein wenig anders waren. Sonst hätte sie es wahrscheinlich auch nicht so lange bei Becker ausgehalten.

»Marcel«, sagte Funke und betrachtete den Jungen, der mittlerweile kein Junge, sondern auch schon ein Mann Ende zwanzig war. »Was treibst du so?«, fragte Funke. Sie war wirklich neugierig, was aus dem sonderbaren Jungen von damals geworden ist.

»Ach«, wiegelte der nur ab und machte eine wegwerfende Handbewegung. »Dies und das. Nichts Besonderes.« Er hatte immer noch etwas Kindlich-Schüchternes an sich, dachte Funke.

»Und du?«, mischte sich Franziska ein. »Was machst du, Janina? Was treibt dich mitten am Tag hier in ein Antiquariat?«

»Um ganz ehrlich zu sein, ein Fall …«

»… ein Fall? Bist du … Polizistin?«

»Nicht ganz, aber ich arbeite als Privatermittlerin.«

»Ach was … das ist ja ein Ding! So eine Art Privatdetektivin, die Leuten hinterherschnüffelt?«

Funke lachte auf. »Im weitesten Sinne.«

Aus der Ecke des Raumes hörte man den Alten ein Mal husten. Es schien ihn zu stören, dass in seinem heiligen Antiquariat eine solch ausgelassene Plauderstimmung herrschte. Funke und Franziska lachten.

»Es ist wirklich zu lange her, dass wir miteinander gesprochen haben, Janina. Wollen wir uns nicht einmal wieder treffen? Wohnst du wieder in Berlin? Auf einen Kaffee?«

»Liebend gern!«

Franziska zog eine kleine Karte aus ihrer Handtasche und drückte sie Janina in die Hand. »Ruf mich an, ja?«

Janina hatte keine Ahnung, wie sehr diese unerwartete Begegnung ihr Leben noch verändern sollte, als sie beschwingt den Laden verließ.

6

Becker ließ die Tür ins Schloss fallen, schmiss die Wohnungsschlüssel auf die kleine Kommode und setzte sich auf sein Sofa. Er atmete schwer aus und vergrub seinen Kopf in beiden Händen. Scheiße.

Er wusste noch nicht genau, was ihn erwartete. Aber er wusste, dass er jede Menge Arbeit vor sich hatte. Das hier, das war ganz bestimmt kein gewöhnlicher Fall. So viel war ihm klar. Er holte sich eine Flasche Rotwein aus der Küche und öffnete sie.

Wo zur Hölle sollte er nur anfangen?

Vielleicht direkt hier. Becker schaute sich in seiner kleinen Einzimmerwohnung um. Sie sah fürchterlich aus. Auf seinem Schreibtisch stapelten sich Akten und Papiere.

Er musste klar Schiff machen. Becker stand auf und wischte mit einer ausladenden Bewegung sämtliche Unterlagen von seinem Tisch. Nicht gerade die feine Art, aber das war jetzt ja auch egal. Er brauchte Platz. Zum Atmen. Und zum Denken.

Dann ging er zu seinem Bücherregal und las die Titel auf den Buchrücken. Er zog vier dicke Wälzer aus dem Regal und schmiss sie auf seinen Schreibtisch. Schließlich ging er in die Abstellkammer und holte seine Pinnwand heraus, die er hier verstaut hatte. Er klappte sie auf und stellte sie mitten ins Wohnzimmer.

Dann trank er einen Schluck Wein. Direkt aus der Flasche.

Der Wein schmeckte scheußlich. Saurer Fusel. Aber auch das war jetzt egal. Es war Zeit, sich an die Arbeit zu machen.

Becker fuhr sich mit der Hand durch die Haare, klappte seinen Laptop auf und fing an, ein paar Schlagwörter in eine Suchmaske einzutippen. Er wollte sich zunächst einfach nur einen Überblick verschaffen. So wie immer. Er hatte ein gewisses Grundwissen, was

Kannibalismus anging. Da gab es schon einmal einen Fall, den er bearbeitet hatte. Viele Jahre war das schon her. Am Ende stellte sich heraus, dass der Mord gar nichts mit Kannibalismus zu tun hatte, aber die Nachforschungen, die er damals geleistet hatte, waren zumindest nicht umsonst. Becker erinnerte sich daran, dass er bei seinen Untersuchungen auf eine sehr kleine, nur lose vernetzte Szene gestoßen war. Das war noch in den frühen Zweitausenderjahren. Eine Zeit, in der das Internet noch nicht die Bedeutung hatte, die es heute hat. Damals gab es nur ein paar Foren. Und das Magazin. Genau, das Magazin. Jetzt fiel es ihm wieder ein. Über das Magazin hatte der damalige Täter sein Opfer kennengelernt. Becker dachte nach. Wie hieß das Blatt doch gleich? Er massierte sich die Schläfen. Das war schon so verdammt lange her … er brauchte ein wenig, aber dann fiel es ihm wieder ein. Natürlich! Es hieß *Bizzzarre Magazine*. Mit drei z. Es war ein merkwürdiges Heftchen. Irgendjemand packte einfach alles, was er an abseitigem Zeug finden konnte, zusammen und verkaufte es. Das Heft war schwarz-weiß, wurde billig kopiert, zusammengetackert und damals für einen Fünfer verschickt. Becker hatte nie herausbekommen können, wer dahintersteckte.

Man fand in dem Heft so ziemlich alles, was man niemals finden wollte. Fotos von Menschen, die gerade verstorben waren. Auszüge aus Polizeiakten von besonders brutalen Gewaltverbrechen. Abartige Kurzgeschichten, die meistens von irgendwelchen kranken Sexualpraktiken handelten. Und eine Seite mit Kontaktanzeigen von Menschen mit außergewöhnlichen Interessen oder Vorlieben. Man wusste nie so wirklich, was echt und was nur Fälschung war. Ob die Fotos wirkliche Opfer zeigten oder einfach nur von irgendwelchen Horrorfilmen abfotografiert wurden. Aber für viele, die dieses Magazin damals bezogen, war wahrscheinlich genau das der Reiz. Das *Bizzzarre Magazine* hatte das Internet, so wie wir es heute kennen, ein gutes Stück weit vorweggenommen.

Becker erinnerte sich genau an die Seite mit den Kontaktanzeigen. Er hatte dort eine Anzeige gelesen, die er nie vergessen würde. Es war die Anzeige eines jungen Mannes, der jemanden suchte. Jemanden, der ihn schlachten wollte. Becker bekam eine Gänsehaut, wenn er daran zurückdachte.

Aber warum sollte es das Magazin nicht noch immer geben, fragte er sich und tippte den Namen in seinen Laptop. Treffer. Tatsächlich gab es das *Bizzzarre Magazine* noch immer. Mittlerweile war es digital erhältlich. Becker konnte es sich problemlos runterladen. Er öffnete die aktuelle Ausgabe. Nicht schlecht, dachte er. Das Magazin hatte sich ganz schön verändert. Aus den zusammenkopierten Seiten von damals war ein richtiges Hochglanzformat geworden. Die gedruckten Fotos waren gestochen scharf, die Texte ordentlich gelayoutet. Die Inhalte allerdings so abgründig wie damals schon. Das Thema des Monats war Ritualmord. Auf den Fotoseiten gab es Bilder aus der Rechtsmedizin. Becker ging das Magazin durch. Neben den bereits bekannten Abartigkeiten und zur Schau gestellten Fantasien fand er nicht viel, was ihn weiterbrachte. Als er die Ausgabe durchgeblättert hatte, klickte er auf das Archiv und lud sich auch die älteren verfügbaren Ausgaben herunter. Das war schwere Kost. Aber Becker ging sie alle durch. Fünfundvierzig Ausgaben. Seite für Seite.

Irgendwo musste er ja anfangen.

Und in einer der Ausgaben wurde er schließlich fündig. Er fand Rezepte. Das war so weit nicht besonders. Aber diese Rezepte waren anders. Es waren Menschenfleisch-Rezepte. Sie waren ziemlich ausgeklügelt. Nichts Einfaches. Eher schon gehobene Küche. Wenn man davon bei Menschenfleisch sprechen konnte. Besonders angepriesen wurde das *Menschenfilet mit Schalotten in Portwein, serviert auf einem feinen Selleriepüree*. Dem Rezept vorangestellt war eine kurz gehaltene Einleitung, in der genau beschrieben wurde, wie man das Fleisch aus dem Körper schneidet, ohne dass es kaputtgeht. Es gäbe demnach einiges zu beachten, gerade auch was die Frische anging. Soweit Becker das beurteilen konnte, wusste der Mann, wovon er schrieb. Er nannte einige medizinische Einzelheiten, die stimmig waren. Etwa, dass das Fleisch innerhalb eines bestimmten Zeitraums von der Leiche entfernt werden müsste, bevor es schlecht werden würde. Immer wieder drängten sich Becker schreckliche Bilder auf. Er spülte sie mit dem Rotwein herunter und ging schließlich die nächsten Hefte durch. Immer wieder fand er Rezepte von diesem Autor, der sich »Chefkoch« nannte.

Das musste noch nichts bedeuten, dachte er sich. Aber es war ein Anfang. Als er alle alten Ausgaben durchhatte, durchsuchte er das Netz nach einschlägigen Foren. Er fand ein paar vereinzelte deutsche Seiten. Die restlichen waren international. Sie alle wirkten aus der Zeit gefallen. Als hätte man sie Ende der Neunzigerjahre programmiert und seitdem nicht mehr erneuert. Aber irgendwie passte das auch zu den Leuten, die hier schrieben. Becker klickte sich durch die unterschiedlichen Einträge. Er brauchte ein wenig, um sich zurechtzufinden, erkannte aber schon bald, dass man hier eine ganz eigene Sprache verwendete. Bestimmte Begriffe, die auf bestimmte Dinge verwiesen und sich einem Außenstehenden auf den ersten Blick nicht erschlossen. Aber so ist es bei jeder Szene. Becker erkannte, dass es drei Arten von Menschen in diesen Foren gab. Die einen nannten sich »Chefs«. Das waren Kannibalen. Menschen, die auf der Suche nach anderen Menschen waren, die sie essen konnten. Und auf der anderen Seite gab es die »Longpigs«. Die Langschweine. Das waren Menschen, die davon träumten, dass man sie schlachten würde. In vielen Einträgen begründeten sie ausgiebig, warum sie es verdient hätten, dass man sie zunächst wie ein Tier schlachtet und schließlich aufisst.

Das war harter Stoff. Sogar für Becker, der in seinem Leben schon so einige Abgründe gesehen hatte. Er brauchte eine kurze Pause. Becker klappte seinen Laptop zu und nahm einen großen Schluck von dem Wein. Er schmeckte immer noch beschissen. Aber er half ein wenig.

Wann war das nur so geworden, fragte sich Becker. Wann hatte seine Welt angefangen, so düster und dunkel zu werden?

Er schloss für einen kurzen Moment die Augen und dachte zurück. Er dachte an seine Schulzeit. Wie leicht und unbeschwert damals noch alles war. Es waren gute Jahre, in Köln. Im Rheinland, da galten immer schon andere Gesetze. *Jeder Jeck is anders*, hieß es dort. Das bedeutete so viel wie: Jeder macht sein eigenes Ding. Und es war auch vollkommen in Ordnung, wenn jeder irgendwie sein eigenes Ding machte. So wie Becker. Er war kein gewöhnlicher Junge. Zumindest nicht, was seine Interessen anging. Die meisten anderen Zwölfjährigen trafen sich nach der Schule meist auf dem Sportplatz. Dort spielten sie Fußball, rauchten ihre ersten Zigaretten oder brachten einfach nur so gemeinsam die Zeit rum. Nicht Becker. Becker hatte nichts gegen Fußball. Er hatte auch nichts gegen die anderen Kinder. Aber er fand es viel spannender, nach Hause zu gehen, sein Zimmer abzudunkeln und den neuen Detektivkoffer auszuprobieren, den sein Vater ihm geschenkt hatte.

Der Detektivkoffer. Becker musste lächeln, als er daran zurückdachte. Das war vielleicht das beste Geschenk, das sein alter Herr ihm je gemacht hatte. Zumindest aber das folgenreichste. Vielleicht würde er heute gar nicht hier sitzen, wenn er ihn nicht bekommen hätte. Becker wollte den Gedanken, ob das gut oder schlecht gewesen wäre, nicht wirklich weiterspinnen. Zurück zum Koffer. Er bekam ihn zu seinem zwölften Geburtstag. Aus heutiger Sicht war er natürlich wenig besonders. Aber damals, da eröffnete er ihm eine ganz neue Welt.

In dem Koffer waren ein paar Werkzeuge enthalten, die man als vermeintlicher Nachwuchsdetektiv so brauchte. Eine Lupe. Eine Pinzette. Ein paar Aufbewahrungsbeutel. Ein Maßband. Eine Pipette. Besonders gut war das Pulver, mit dem man Fingerabdrücke sichtbar machen konnte. Becker erinnerte sich, dass er von dem Koffer so angetan war, dass er sein gesamtes Taschengeld über Monate hinweg sparte, um sich schließlich einen zweiten Koffer zu kaufen. Dieses Mal war es nicht das »Der kleine Detektiv«-Set. Dieses Mal war es das »Der junge Chemiker«-Set. Hier waren ein paar Reagenzgläser und einige Chemikalien enthalten, mit denen man Experimente machen konnte. Das beste aber war das Mikroskop. Es war aus Plastik und nicht wirklich hochwertig. Aber es war ein Mikroskop. Und es funktionierte.

In einem kleinen Büchlein, das dem Kasten beigelegt war, gab es ein paar Tipps für die Experimente. Dort fand Becker etwas Ungewöhnliches. Den Hinweis, wie man Schnee einfangen konnte. Becker bekam eine Gänsehaut, als er daran dachte. Schnee einfangen. Das war für ihn damals ein außerordentlich romantischer Gedanke. Bisher hatten sich die Schneeflocken auf seinen Händen immer innerhalb weniger Sekundenbruchteile aufgelöst. Aber in dem Buch stand, dass man den Schnee in Lack einfangen könnte. Und die Schneeflocken konnte man dann unter dem Mikroskop untersuchen. Und es funktionierte tatsächlich. Das war der Moment, in dem sich für Becker alles veränderte. Er erkannte, dass der Schnee unter dem Mikroskop gar nicht so aussah, wie er sich ihn vorgestellt hatte. Das war kein weißes Wattekügelchen. Sondern ein kleiner Kristall.

Von diesem Tag an begann Becker alles Mögliche unter das Mikroskop zu legen. Alles, was er in die Finger bekam. Verschiedene Stoffe. Holz. Plastik. Federn. Haare. Spucke. Insekten. Würmer. Der Blick durch das Mikroskop war für ihn wie der Blick in eine andere Welt. Becker erkannte, dass die Umwelt, die er jeden Tag wahrgenommen hatte, gar nicht so war, wie sie immer schien. Er erkannte, dass sich hinter dem, was wir mit unseren Augen sahen, noch sehr viel mehr verbarg. Dieser Gedanke ließ ihn nie wieder los. Bis heute nicht. Von diesem Zeitpunkt an war Becker wie besessen davon, hinter die Dinge zu schauen. Zu erkennen, wie eine Sache wirklich war. Das brachte ihn damals zur Polizei.

Und schließlich hierher.

Becker schüttelte den Kopf, klappte seinen Laptop wieder auf und füllte die Anmeldemaske für das Forum aus. Er braucht einen Namen. Er dachte kurz nach. *Schneefänger* tippte er in das Feld.

Und dann tauchte er in eine Welt ab, von der er sich noch nicht vorstellen konnte, wie tief sie war.

7

Dieser Gestank. Wie ein schwerer Nebel hatte er sich ausgebreitet und über die Wohnung gelegt. Wieso bekam er diesen Gestank nicht weg?

Alles roch nach Blut und Verwesung.

Immer noch. Oder bildete er sich das nur ein?

Der schmächtige Mann lief aufgeregt durch die Wohnung. Er hatte alles versucht. Alles, was er gelesen hatte. Nichts funktionierte. Es hörte einfach nicht auf. Ständig hatte er diesen fruchtig-beißenden Geruch in der Nase. Und die Fliegen waren auch noch da. Diese verdammten Fliegen. Der schmächtige Mann fing an, sich in seinem Gesicht zu kratzen. Immer wieder fuhr er mit seinen Händen durch die Haare. Führte Selbstgespräche. Es sollte einfach nur aufhören. Wieso hörte es nicht auf?

Was hatte er falsch gemacht?

Er hatte die Kacheln mit Essig gereinigt. Mit Zitronensaft. Mit Kaffeesatz. Mit Chemie aus dem Baumarkt. Aber nichts hatte funktioniert. Eher wurde es sogar noch schlimmer. Oder bildete er sich das ein? Nein, das tat er nicht. Der Gestank wurde schlimmer. Ganz sicher. Und die Fliegen vermehrten sich auch. Widerliche Viecher. Die ganze Küche war voll mit ihnen. Das Summen trieb ihn in den Wahnsinn. Der Gestank trieb ihn in den Wahnsinn. Die gesamte Situation trieb ihn in den Wahnsinn. Hatte er etwas übersehen? Nein, hatte er nicht. Oder doch? Er musste etwas übersehen haben. Immer wieder öffnete er alle Schränke. Räumte alles aus. Vielleicht lag irgendwo noch ein Stück Fleisch, das er nicht ordentlich verpackt hatte? Vielleicht war irgendwo etwas verloren gegangen. Aber da war nichts. Nichts außer Gestank und Fliegen.

Der schmächtige Mann fühlte sich wie ein Gefangener in seiner kleinen Wohnung. Sie war für ihn zu einer Zelle geworden. Er musste hier raus. Aber er konnte nicht. Irgendetwas hielt ihn hier fest. Was, wenn jemand kommen würde? Wenn jemand alles entdecken würde? Oder wenn die Nachbarn etwas merken würden? Der Gestank. Irgendwann würde er auffallen. Und dann würde alles auffliegen. Er raufte sich die Haare und kniete sich auf den Boden. Rang nach Luft. Er griff sich mit beiden Händen um den Hals und würgte sich selbst. Und dann waren da diese Kopfschmerzen. Seit drei Tagen. Sie hörten nicht auf. Genau wie seine Gedanken, die sich wie ein Karussell in seinem Kopf drehten, immer weiter und weiter. Nur wenn er ein paar Stunden Schlaf fand, endeten sie. Aber das war nicht wirklich besser. Denn wenn die Gedanken weg waren, dann kamen die Bilder. Und die Bilder waren das Schlimmste. Es waren Bilder von Leichenteilen. Bilder von Blut. Bilder von abgeschabtem Fleisch. Und jetzt kamen sie zurück. Stiegen langsam wieder in seinem Bewusstsein auf. Genug!

Der schmächtige Mann schlug mit der Faust auf den Boden. Dann richtete er sich auf, riss die Schubladen der Wohnzimmerkommode auf und wühlte darin herum. Er fand eine Packung Kopfschmerztabletten, drückte sich zwei davon aus der Verpackung und schluckte sie hinunter. Er Mann atmete mehrfach tief durch und versuchte zur Ruhe zu kommen.

Vielleicht bildete er sich das ja auch alles nur ein. Mit dem Gestank. Hatte er einmal gelesen, dass die Nerven einem da auch einmal einen Streich spielen könnten, wenn man bestimmte extreme Situationen erlebt hat. Eine extreme Situation. Das beschreibt ziemlich genau das, was die letzten Tage in seinem Leben los war.

Der Mann stand auf und schloss das Fenster, das er seit Tagen offen hatte. Ihm war kalt.

Dann setzte er sich auf den Wohnzimmerboden und öffnete seinen Laptop. Er meldete sich an und öffnete die Seiten, die er seit ein paar Woche jeden Tag öffnete. Er suchte die Seiten nach Neuigkeiten ab. Er hatte mittlerweile einen guten Blick dafür. Und tatsächlich. In beinahe jedem der Foren, in denen er angemeldet war, hatte es im Lauf der letzten zehn Stunden eine neue Anmeldung gegeben. Und auf allen Foren handelte es sich dabei immer um denselben Nutzernamen. Ein Zufall? Niemals! Ein paar Tage war es jetzt her, dass er den Koffer abgestellt hatte. Ihm war klar, dass die Polizei ihn finden würde. Ihm war klar, dass die Polizei darauf reagieren würde. Aber ihm war nicht klar, dass sie so schnell auf diese Spur kommen würden. Wer auch immer da ermittelte, dachte sich der schmächtige Mann, er hatte einen guten Instinkt. Vielleicht aber auch nur Glück. Er schaute sich den Nutzernamen an, der jetzt auf sämtlichen Kannibalen-Foren angemeldet war. Er hatte einen geradezu dichterischen Klang. *Schneefänger*.

1

Becker reichte es. Er musste sich jetzt bemerkbar machen. Er war lange genug im Polizeidienst gewesen, um gelernt zu haben, dass es nicht immer der beste Einwand ist, der sich durchsetzt. Sondern viel zu oft einfach nur der, den man mit dem größten Nachdruck vortragen konnte. »Das ist kein Zufall«, sagte er etwas zu laut und schlug dabei mit der Faust auf den Tisch. Er schaute sich um. Das hatte nicht die Wirkung erzielt, die er sich erhofft hatte. Hätte Becker sich auch gleich denken können. Bei Kami Bogatsu galten
die bekannten Gesetzmäßigkeiten nicht.

Die Hauptkommissarin blieb ganz entspannt und schüttelte bloß den Kopf. »Becker«, sagte sie. »Beruhigen Sie sich. Und setzen Sie sich wieder hin.«

Becker blieb noch ein paar Sekunden stehen und schaute der Hauptkommissarin herausfordernd in die Augen. Dann gab er auf und ließ sich wieder auf den unbequemen Holzstuhl fallen, von dem er gerade aufgesprungen war.

Bogatsu griff sich die Papiere, die Becker ihr auf den Tisch gelegt hatte, und blätterte sie durch. Zum bereits dritten Mal. »Lassen Sie uns alles noch einmal der Reihe nach durchgehen, okay?«

Becker machte das wahnsinnig. Diese Ruhe. Diese zur Schau gestellte Gelassenheit. Er hatte das Gefühl, ihm lief die Zeit davon. Er wollte handeln. Jetzt. Sofort. Und nicht zum x-ten Mal all das durchgehen, was Bogatsu doch schon längst wusste. Er begriff das einfach nicht. Was sollte das bringen? Es gab jetzt nur ein Ziel. Sie mussten diesen Typen stoppen. Jede Minute, die verstrich, war eine Minute, in der ein Kerl weiter draußen herumlief, der Hunger auf Menschenfleisch hatte. Und wer wusste denn schon, was er plante? Vielleicht würde er bald wieder zuschlagen? Becker legte den Kopf in den Nacken und versuchte, ruhig zu bleiben. Eigentlich wusste er ja, dass es nichts brachte, sich jetzt aufzuregen. Eigentlich wusste er ja, dass es nicht klug war, sich auch noch mit Bogatsu anzulegen. Und es war auch nicht nötig. Bogatsu war nicht der Feind. Sie war auf seiner Seite. Irgendwie.

Becker spürte, wie ihm der Schweiß von der Stirn lief. Verdammt. Es war so unglaublich heiß hier drinnen. Während die Hauptkommissarin vor ihm saß und seine Akten ein weiteres Mal durchging, ließ Becker seinen Blick durch den Raum schweifen. Schon als er hereingekommen war, war ihm aufgefallen, wie groß dieses Büro war. Ungewöhnlich groß, besonders für Berliner Verhältnisse. In Berlin konnte man schon dankbar sein, wenn man als Polizist nicht gerade in der Abstellkammer untergebracht wurde. Auch solche Geschichten kannte Becker. Mehr als nur eine. Berlin war eine einzige Mangelverwaltung. Es fehlte hier an allem. Personal. Raum. Geld. Dass Bogatsu eine Sonderbehandlung bekam, zeigte auch den Stellenwert, den sie hier in der Behörde genoss. Becker wusste das. Man hielt wirklich große Stücke auf sie. Nicht zu Unrecht. Bogatsu war brillant. Sie hatte einen scharfen Verstand. Und die Fähigkeit, sehr früh zu erkennen, ob eine Spur zu etwas führen würde oder nicht. Sie lag nur selten daneben. Eigentlich nie.

Außerdem hatte sie einen guten Geschmack.

Das Büro war stilvoll eingerichtet. Und trotz der Vielzahl der Akten, die hier untergebracht waren, noch einigermaßen aufgeräumt. Becker war ein bisschen eifersüchtig. Würde er gern auch einmal hinbekommen. Er dachte kurz darüber nach, wie es bei ihm im Büro gerade aussah, vertrieb den Gedanken aber schnell wieder, weil er ihm schlechte Laune machte. Bogatsu würde ihr Büro wahrscheinlich niemals so vermüllen lassen. Nicht mal ein einzelnes Staubkorn hatte sich hier auf dem schweren Holzschreibtisch niedergelegt. Die Papiere waren fein säuberlich gestapelt, die Akten sortiert. An der Wand stand ein raumhohes Regal voller Ordner. Sauber beschriftet. Hier ging nichts verloren. Und an einer der Wände hingen auch ein paar private Fotos.

Bogatsu mit ihren Eltern. Bogatsu mit ihrem Freund. Sie alle wirkten sehr stolz.

»Also gut, Becker«, riss die Kommissarin ihn aus seinen Gedanken. »Sie wissen schon, dass das nicht den Regeln entspricht, oder?«

Die Regeln? Was wollte sie denn jetzt mit den Regeln?

Bogatsu legte die Chat-Protokolle auf den Tisch. Ach, das. *Diese* Regeln. Klar. Wusste er. Aber er war ja kein Polizist mehr. Also musste er sich auch nicht mehr an die Regeln der Behörden halten. Er konnte sie nicht vollständig brechen. Aber doch zumindest ein wenig großzügiger auslegen.

»Das sind seitenlange Chat-Protokolle mit einem Verdächtigen. Sie können doch nicht einfach …«

»… habe ich aber. Und jetzt kommen Sie mir bitte nicht mit Vorschriften, Bogatsu. Die kenne ich. Darüber können wir immer noch sprechen. Aber es geht hier um Inhalte.«

Bogatsu schüttelte den Kopf, atmete genervt aus und fixierte Becker mit ihrem Blick. Sie war selber in einem Zwiespalt. Sie wusste, wie einschränkend diese beschissenen Regeln waren. Wie oft hatte sie sie selbst verflucht. Aber es ging nun einmal nicht ohne. Das war nicht der Wilde Westen. Das war Berlin. Und auch wenn die Unterschiede nicht immer ganz offensichtlich waren, so mussten sie zumindest für die Polizei gelten. Ermittler konnten nicht einfach machen, was sie wollten. So funktionierte das nicht.

Aber das wusste Becker ja selbst.

Bogatsu nahm sich vor, die Diskussion ein anderes Mal zu führen. Also gut. Inhalte.

»Und Sie glauben wirklich, dass das unser Mann ist?«

»Ich bin mir ganz sicher.«

Bogatsu streifte mit der Hand über die Papiere und dachte nach. Dann schaute sie wieder zu Becker. Sie hielt große Stücke auf ihn. Und sie vertraute ihm. Aber nicht blind. Das tat sie bei niemandem.

»Warum?«, fragte sie. »Warum, glauben Sie, handelt es sich bei diesem Typen, den Sie mir hier vorsetzen, um unseren Mann?«

Becker rückte auf seinem Stuhl herum, wischte sich noch einmal den Schweiß von der Stirn, dann richtete er sich auf. »Ich war die letzten Tage viel im Internet. Ich war auf zahlreichen Seiten. In Foren. Chat-Räumen. Ich habe mir sehr genau angesehen, wie diese Kannibalismus-Szene funktioniert. Was sich dort für Menschen herumtreiben. Und ich glaube, ich habe ein ganz gutes Gespür dafür bekommen, wie sie ticken.«

»Wie ticken sie denn?«

Becker nickte seiner Partnerin zu.

»Kannibalismus ist in den meisten Fällen eine sexuelle Präferenzstörung.«

»Eine was?«, fragte die Hauptkommissarin. »Das ist ein Fachbegriff«, erklärte Funke. »Eine Abweichung von der Norm. Diese Abweichungen können ganz unterschiedlich ausfallen. Indem man auf sehr junge oder sehr alte Menschen steht. Oder auf Menschen, denen Körperteile fehlen. Oder auf Leichen.« Funke räusperte sich. »Wiederum andere stehen eben auf die Vorstellung, einen anderen Menschen zu essen.«

»Kannibalismus.«

»Eigentlich«, sagte Funke, »ist der Gedanke nicht so abwegig. Wenn zwei Menschen miteinander schlafen, dann geht es ja darum, sich mit seinem Partner zu vereinen. Es geht darum …«, sie suchte nach Worten, »… eins zu werden. Wortwörtlich. Daher kommt es auch, dass man zu seinem Partner sagt, dass man ihn zum Fressen gernhat.«

»Es ist aber noch immer ein Unterschied, ob man so etwas sagt oder ob man so etwas wirklich macht.«

»Natürlich«, bestätigte Funke. »Aber darum geht es ja. Dieses Einswerden ist nur ein Sinnbild. Aber es gibt Menschen, die erregt es, dieses Sinnbild wirklich auszuleben.«

»Und genau das ist es, was ich in den Foren auch erlebt habe«, sagte Becker. »Den allermeisten Menschen dort geht es darum, eine Fantasie auszuleben. Es hat eine eindeutig sexuelle Note. Der Gedanke, jemanden zu schlachten und zu essen, erregt sie. Oder auch andersrum. Der Gedanke, von jemandem geschlachtet und gegessen zu werden. Es geht darum, diese endgültige Verbindung miteinander einzugehen.«

»Wie viele Menschen sind in diesen Foren angemeldet?«

»Viele. Aber die wenigsten sind aktiv. Ich würde sagen, es gibt eine Zahl von gut hundert wirklich aktiven Nutzern, die sehr regelmäßig schreiben und sich austauschen.«

»Und einer von denen ist dieser Chefkoch?«

Becker rutschte auf seinem Stuhl hervor.

»Dieser Typ ist anders. Er ist nicht so wie die anderen dort. Ihm geht es ganz offensichtlich nicht darum, eine sexuelle Vorliebe zu stillen. Ihm geht es um …«

Becker hielt kurz inne, rang ein wenig mit seinen Worten. Er musste jetzt aufpassen. Er wollte sich mit seinen Ferndiagnosen nicht zu sehr aus dem Fenster lehnen. Er wusste, dass so was meistens in die Irre führte. Täterprofile anlegen. Das gab es nicht. Vielleicht in irgendwelchen schlechten Hollywood-Filmen. Aber nicht im echten Leben. Aber auf der anderen Seite hatte er stundenlang mit dem Kerl gechattet. Er hatte seine Einträge aus den letzten fünf Jahren in den unterschiedlichsten Foren zurückverfolgt. Er bildete sich ein, diesen Typen zumindest grob verstanden zu haben. Warum sollte er dieses Wissen also nicht auch mit der Kommissarin teilen?

»Es geht ihm mehr um eine … Erfahrung. Eine sinnliche, geschmackliche Erfahrung. Der Typ ist besessen von dem Gedanken, mit Menschenfleisch zu kochen. Und es würde mich nicht wundern, wenn er das auch schon getan hat.«

Becker griff sich die Blätter, die auf dem Schreibtisch lagen, und suchte etwas heraus. »Hier sehen Sie«, sagte er und zeigte auf ältere Einträge aus dem Forum. »Das ist etwa ein Jahr her. Sehen Sie, wie er hier noch schreibt. Vorsichtig. Suchend. Er formuliert seine Neugierde. Und jetzt …« Becker wühlte wieder in dem Papierstapel herum und zog zwei weitere Seiten heraus. »… und jetzt das. Das sind Nachrichten aus den letzten zwei Wochen. Ein ganz anderer Ton. Ein ganz neues Selbstbewusstsein. Er schreibt so, als wäre er ein Experte. Als hätte er bereits Erfahrungen gesammelt. Irgendetwas muss in dieser Zeit passiert sein.«

»Noch etwas?«, fragte Bogatsu.

»Ja. Der Kerl ist nahezu besessen von Sagawa. Er zitiert ihn in fast jedem dritten Beitrag. Er bezeichnet ihn als einen großen Meister. Wissen Sie, es gibt einige Kannibalen-Fälle. Dass er sich ausgerechnet den von Sagawa herausgegriffen hat, das passt zu dem Koffer und dem Märchenbuch, das wir gefunden haben.«

»Was schlagen Sie jetzt vor?«, fragte Bogatsu ihn, die schon während seiner Ausführungen immer wieder auf die Uhr geschaut hatte. Ein untrügliches Zeichen, dass sie diese Nummer hier schnellstmöglich beenden wollte.

»Wir müssen rausfinden, wer sich hinter diesem Profil verbirgt. Ich brauche die Unterstützung Ihrer IT-Abteilung. Wir müssen diesen Kerl überwachen.«

Becker lief der Schweiß noch immer von der Stirn. Diese verdammte Hitze. Was war denn nur los? Merkten die anderen das nicht? Hatte Bogatsu die Heizung aufgedreht? Er schaute die Hauptkommissarin an und merkte, dass er mit seinen Ausführungen bei ihr nicht weiterkam. Bogatsu war alles andere als überzeugt.

»Hören Sie, Becker. Das ist alles sehr interessant, was Sie herausgefunden haben. Lassen wir einmal beiseite, dass Ihre … eigenwillige Vorgehensweise … von keinem Staatsanwalt in diesem Land anerkannt werden würde, niemand würde das hier …«, sie zeigte auf die Papiere vor sich, »… als Beweis anerkennen. Aber geschenkt. Das ist gar nicht mal mein Problem.«

»Was ist dann Ihr Problem?«

»Dass Sie nichts außer ein paar Vermutungen haben.«

Becker versank tief in seinem Stuhl. Das war nicht das, was er hören wollte. Aber Bogatsu war nicht dafür bekannt, falsche Rücksicht auf irgendwen zu nehmen. Sie wusste, dass das, was Becker ihr hier an die Hand gab, unbrauchbar war. Beim besten Willen: Er hatte mit einem Typen gechattet, der sich im Internet »Chefkoch« nannte und davon träumte, Menschenfleisch zu verzehren. Krank, keine Frage. Aber es war das Internet. Wer weiß, ob er das wirklich ernst meinte. Vielleicht war das für den Kerl nur irgendein Rollenspiel. Und selbst wenn nicht. Selbst wenn er das alles ernst meinen würde, selbst wenn er wirklich neugierig auf Menschenfleisch wäre – das allein wäre noch keine Straftat.

»Becker, der Kerl hat irgendeine Art von Fetisch. Meinetwegen. Aber das rechtfertigt nicht, dass wir ihn überwachen.«

»Das ist mehr als nur ein Fetisch. Dieser Mann weiß doch ganz offenbar, wovon er spricht. Haben Sie nicht die Rezepte gelesen?«

Doch. Die hatte sie gelesen. Aber auch die bedeuteten nichts. »Vielleicht hat er die Rezepte ja mit Schweine- oder Rinderfleisch gekocht. Vielleicht hat er sie auch einfach irgendwo abgeschrieben. Oder sie sich einfach nur vorgestellt. Ein Rezept ins Internet zu stellen ist kein Grund für eine Überwachung«, sagte sie.

Becker spürte, wie ihm das Gespräch entglitt. Ihm war nicht nur heiß, ihm war auch schwindelig. Er atmete schwer. Seine Augen waren glasig.

»Bogatsu, wir sprechen hier von Gefahr im Verzug. Wir haben hier einen Mann, der …«

Es klopfte an die Tür.

»Ja, bitte!«, unterbrach Bogatsu den Wortschwall von Becker. Ein junger Polizist trat ein. Er brachte ein Tablett mit Kaffee und stellte es auf dem Tisch ab. Er nickte allen in der Runde einmal freundlich zu.

»Danke, Müller«, sagte Bogatsu knapp und winkte den Polizisten höflich, aber bestimmt weg. Sie wollte jetzt nicht weiter gestört werden. Doch der junge Kollege schien das Zeichen nicht richtig gedeutet zu haben. Er blieb stehen und betrachtete die Akten, die auf dem Tisch lagen.

»Das ist dieser Kannibalismus-Fall, richtig?«, fragte er und schaute dabei in die Runde. Dann blieb sein Blick an Becker hängen. »Und Sie sind Bastian Becker, oder? Ich habe schon so viel von Ihnen gehört, Sie haben …«

»Müller!«, würgte Bogatsu ihren Kollegen ab. »Wir haben zu arbeiten.«

Aber Müller schien sich nicht beirren zu lassen. Zu sehr war er von dem Fall eingenommen. »Auf den Fluren hier spricht man über nichts anderes mehr. Kannibalismus. Kann man sich gar nicht vorstellen. Dass es so was überhaupt gibt. Allein der Gedanke daran, und mir wird schon richtig schlecht.«

»Warum?«, fragte Becker.

Der junge Polizist wirkte erstaunt. Mit der Frage hatte er anscheinend nicht gerechnet. »Warum?« Er schaute Becker an. Er hatte sich ihn ganz anders vorgestellt. Vor ihm saß ein bleicher Mann, dem der Schweiß von der Stirn lief. Er war blass.

»Ja. Warum? Warum wird Ihnen bei dem Gedanken schlecht?«

Müller lachte kurz auf und schaute die anderen an. Das war doch völlig klar, oder? Doch niemand sagte etwas. Hilfe suchend schaute er zu seiner Chefin. Er wusste wirklich nicht, ob Becker ihn auf den Arm nehmen wollte. Sollte er das jetzt beantworten? Bogatsu lehnte sich in ihrem Schreibtischstuhl zurück und verschränkte die Arme.

»Sie heißen Müller, ja?«

»Ja …«

»Also gut, Müller«, sagte Becker und drehte sich zu dem jungen Kollegen. Der Schweiß lief ihm über die Stirn, sein Blick wirkte leicht irre. »Wenn Sie heute Abend nach Hause gehen und sich ein Steak in die Pfanne hauen, dann ist Ihnen doch bewusst, dass Ihr schönes Filet nichts anderes ist als ein Leichenteil, oder?«

»Na ja, ich weiß nicht, so kann man das doch nicht …«

»Es ist ein Stück Lende. Sie essen also den Hintern einer Leiche.«

»Herr Becker …«, lachte Müller auf. »Das ist doch was ganz anderes?«

»Ist es das?«

»Na ja, gut«, stutzte der junge Polizist. »Aber selbst wenn Sie recht haben, ist es doch nicht dasselbe, wenn ein Mensch ein Tier isst oder wenn ein Mensch einen anderen Menschen isst. Das ist etwas …

na ja …« Der junge Polizist rang nach Worten. »Unnatürliches. So was macht man nicht.«

»Es ist erstaunlich, dass es für Sie so fremdartig erscheint«, sagte Becker. »Sind Sie gläubig, Müller?«

Müller nickte. »Ich komme aus einer katholischen Familie.«

»Dann dürfte Ihnen Kannibalismus doch nicht fremd sein. Denken Sie an das Abendmahl. Dort verspeisen sie jeden Sonntag den Leib von Jesus Christus.«

»Es sind doch nur kleine Teigplättchen.«

»Sinnbildlich ist es der Körper von Jesus, den sie in sich aufnehmen.«

Müller schüttelte den Kopf. Das war ihm alles irgendwie zu verrückt. Kannibalismus war nicht normal. Sollte Becker, dieser komische Kauz, doch sagen, was er wollte. Er drehte sich um und verließ wortlos den Raum.

»Was sollte das denn?«, fragte Funke.

»Ist doch merkwürdig«, sagte Becker. »Sobald es um Kannibalismus geht, werden selbst gestandene Polizisten ziemlich schmallippig. Alle tun immer so, als würde es sich um das schlimmste aller Verbrechen handeln.«

»Es ist schon etwas nicht ganz Alltägliches, nicht wahr, Becker?«

»Ach, kommen Sie, Bogatsu. Wir kennen beide Leute bei der Mordkommission, die ganz andere Dinge sehen mussten. Verstümmelte Kinder. Verbrannte Familien. Die Grenzen des Vorstellbaren hat wahrscheinlich jeder Beamte mit mehr als drei Berufsjahren schon mindestens einmal überschritten. Warum wird Kannibalismus immer noch so besonders behandelt?«

»Weil Kannibalismus in unserer Kultur als eines der größten Tabus gesehen wird«, erklärte Funke.

»Ja«, sagte Becker. »Auf der einen Seite schon. Auf der anderen Seite ist unsere gesamte Kultur voller Kannibalismus-Geschichten. Die Bibel. Die ganzen Märchen. *Hänsel und Gretel*. Hollywood. Die ganzen Zombiefilme.« Becker war wieder richtiggehend wütend, und der Redeschwall brach einfach so aus ihm heraus.

»Becker«, unterbrach Bogatsu ihn. »Sie sehen schlecht aus. Ist alles in Ordnung mit Ihnen?«

Janina Funke legte ihre Hand auf Beckers Stirn.

»Bastian, du glühst ja …«

»Es ist nichts«, wiegelte Becker ab. »Mir geht es gut. Wirklich. Aber wir müssen über den Fall reden.«

»Ich glaube, Sie müssen jetzt erst einmal ins Bett. Ruhen Sie sich aus, Becker. Und wenn Sie wieder bei klarem Verstand sind, rufen Sie mich an, verstanden?«

Es war keine Frage. Es war eine Aufforderung.

2

Was für ein schöner Tag es doch war. Und das, obwohl eigentlich schon der Spätherbst angebrochen war. Funke saß in einem kleinen Café in einer belebten Seitengasse von Berlin. Wenn sie sich nach vorn lehnte, konnte sie die große, direkt anliegende Hauptstraße sehen, auf der es vor Menschen nur so wimmelte. Das gute Wetter hatte die halbe Stadt auf die Straße getrieben. Die Stimmung war gut. Geradezu befreit.

Funke nahm sich ihre Milchkaffee-Tasse von dem kleinen Bistrotisch, umfasste sie mit beiden Händen und schloss für einen kurzen Moment die Augen, um die Wärme zwischen ihren Fingern zu spüren. Die Sonne schien ihr ins Gesicht.

»Entschuldige, Janina«, hörte sie eine Stimme, und als sie ihre Augen wieder öffnete, stand Franziska neben ihr, streifte ihre Tasche von der Schulter, beugte sich leicht herunter und gab ihr einen Kuss auf die Wange.

»Ich hoffe, du wartest nicht zu lange …«

»Nein, überhaupt nicht«, erwiderte Funke und betrachtete ihre wiederentdeckte Freundin aus alten Jugendtagen. Franziska sah gut aus. Wie immer.

»Viel Arbeit?«

»Es ist doch immer viel Arbeit«, lächelte Franziska, nahm Platz und klappte mit einer schnellen Handbewegung die Karte auf, die vor ihr auf dem Tisch lag. Sie überflog sie kurz und gab der Kellnerin ein Zeichen, dass sie auch einen Milchkaffee und ein Glas Leitungswasser nehme. Dann erst atmete sie durch.

»Schön, dich wiederzusehen«, sagte sie schließlich.

Funke hatte sich entspannt in ihrem Stuhl zurückgelehnt.

Es war jetzt zwölf Jahre her, dass sie Franziska das letzte Mal gesehen hatte. Und nein, sie hatte sich nicht verändert. Immer noch hatte sie dieses hektische, neugierige Wesen, diese rastlose Seele, die ständig auf dem Sprung zu seien schien. Immer und überall gleichzeitig.

»Du hast dich wirklich nicht verändert…«

»Es wäre traurig, wenn ich mich nicht verändert hätte«, kokettierte Franziska. Die Kellnerin brachte den Milchkaffee und stellte ihn auf dem kleinen Bistrotisch ab. Immer wenn die Tür zu dem Café geöffnet wurde, drang von innen unaufgeregte Jazzmusik auf die Straße. Auch das erinnerte Funke an Paris.

»Gott, bin ich froh, kein Teenager mehr zu sein. Diese ewige Unsicherheit! Eine furchtbare Zeit.«

»Ich habe sie in guter Erinnerung.«

»Du warst ja auch damals schon etwas Besonderes.«

Funke schüttelte den Kopf. »Das war ich nicht, und das weißt du«, sagte sie. Sie wusste das Kompliment zu schätzen. Aber sie nahm es nicht wirklich ernst.

»Doch, das warst du wirklich. Du wusstest schon damals genau, was du willst. Okay, vielleicht wusstest du noch nicht, dass du einmal Privatdetektivin werden würdest, aber du hattest doch eine ziemlich genaue Vorstellung von deinen Interessen gehabt, findest du nicht?«

Mag sein, dachte Funke. Vielleicht stimmte das. Sie hatte in der Tat schon früh gewusst, dass sie sich sehr für Menschen interessierte. Sie wollte schon immer verstehen, warum sie handeln, wie sie handeln. Mit vierzehn hatte sie ihr erstes Buch von Sigmund Freud gelesen. Das hatte sie für immer verändert.

»Du hast das immer alles gut unter einen Hut bekommen … deine Interessen. Deine Freundschaften. Deine Schule. Einfach alles. Und es wirkte immer so einfach bei dir.«

Das sagte ausgerechnet Franziska. Sie war es doch, die auf allen Partys gleichzeitig tanzte, mit so ziemlich jedem aus der Schule befreundet und am Ende immer auch noch die Klassenbeste war.

»Der Unterschied zwischen uns beiden war, dass ich dafür kämpfen musste, Janina. Dir ist es einfach zugefallen. Du hattest gute Noten, weil du ein kluges Mädchen warst. Du warst beliebt, weil die Leute deine Art mochten. Bei mir war das nicht natürlich. Ich musste mich fürchterlich anstrengen.«

»Und dennoch«, lächelte Funke und versuchte die Ernsthaftigkeit aus dem Gespräch zu nehmen, »sind die süßesten Jungs der Schule immer nur dir hinterhergelaufen.«

»Weißt du noch?«, fragte Franziska, beugte sich ein wenig vor und riss dabei die Augen auf. »Damals. Diese Party. Bei Sebastian.«

»Sebastian, der Schöne«, lachte Funke. »Wie könnte ich das vergessen? Er war schon in der Oberstufe und wir zwei Jahre jünger. Trotzdem hatte er uns eingeladen. Wir waren wahnsinnig aufgeregt.«

»Wir haben tagelang nur darüber gesprochen, was wir anziehen sollen.«

»Und wie wir uns richtig zu verhalten haben.«

»Wir haben uns solche Gedanken gemacht.«

»Und dann«, sagte Funke und schüttelte nur mit dem Kopf, »dann war es am Ende einfach die langweiligste Party, die man sich vorstellen konnte.« Sie erinnerte sich noch genau daran, wie einfach alle Mädchen irgendwo im Wohnzimmer rumstanden, während die Jungs in der Küche unter sich blieben. Man trank ein paar Flaschen billiges Bier, das noch nicht einmal gekühlt war. Es war fürchterlich.

Was waren das nur für Zeiten? So unbeschwert. So einfach. So weit weg von den Problemen, die man heutzutage hatte.

»Denkst du noch oft an unsere Schulzeit?«, fragte Franziska und riss Funke wieder aus ihren Gedanken.

Sie schüttelte den Kopf. »Nein«, sagte sie. »Das Leben lässt mir dafür kaum noch Zeit.« Dabei rang sie sich ein Lächeln ab. Es war ein trauriges Lächeln. Franziska erkannte es sofort. Aber sie war feinfühlig genug, nicht direkt darauf einzugehen.

»Gerade deswegen schwelge ich so gerne in Erinnerungen«, sagte sie und nahm einen Schluck von ihrem Milchkaffee. »Es erinnert einen daran, wie unbeschwert doch alles sein kann.«

»Ich weiß nicht, Franziska. Eigentlich ist das Leben nie unbeschwert. Im Gegenteil. Es ist voller Probleme, an denen man sich abarbeitet. Als Jugendliche ist es uns nur gelungen, diese Probleme zu ignorieren. Aber je älter man wird, desto weniger kommt man an ihnen vorbei.«

»Von wegen«, sagte Franziska. »Probleme hatten wir auch damals mehr als genug. Und sie waren wirklich alles andere als einfach zu ertragen. Weißt du eigentlich, wie viele schlaflose Nächte ich wegen des schönen Sebastian hatte?« Sie ließ eine kurze Pause. »Und weißt du nicht, wie viele schlaflose Nächte ich wegen … anderen Leute hatte?«, schob sie hinterher und schaute Funke dabei ein paar Sekunden zu lange in die Augen.

Funke bekam eine Gänsehaut. Für einige wenige Sekunden blitzten Erinnerungen auf, die sie schon längst vergessen zu haben glaubte. Sie schob sie sofort wieder beiseite. Es war ihr unangenehm. Sie versuchte das Thema zu wechseln.

»Und dein Studium?«, fragte sie. »Erzähl mir davon. Wie lief es nach der Schule für dich weiter?«

»Ich bin nach Bayern gegangen und habe Kommunikationswissenschaften studiert. In München. Muss ich noch mehr sagen?«

»Ich bitte drum!«

»Es war genauso langweilig, wie es sich anhört, Janina.«

»Ich finde gar nicht, dass es sich langweilig anhört.«

»Komm schon, du ermittelst in irgendwelchen spannenden Fällen. Erzähl mir nicht, dass das, was ich mache, bei dir für einen erhöhten Pulsschlag sorgt, meine Gute!«

Funke lächelte. Franziska hatte ja keine Ahnung. Sie wusste nicht, wie sehr sich Funke für ihren Weg interessierte. Und wenn sie ehrlich gewesen wäre, dann hätte sie das alles gar nicht fragen müssen. Denn sie wusste schon längst, was Franziska gemacht hatte. Drei Jahre Kommunikationswissenschaften in München, dann weitere zwei Jahre Medienmanagement in Berlin, wo sie ihren Master abschloss. Mit Bestnote. Natürlich. Darunter hatte es Franziska noch nie gemacht. Sie gönnte sich auch keine große Pause und heuerte noch während ihres Studiums bei einer der größten Werbeagenturen des Landes an. Dort war sie bis heute. Nur ihren Posten hatte sie nicht behalten. Mittlerweile war sie zur leitenden Kreativdirektorin aufgestiegen. In dieser Rolle verantwortete sie einige der erfolgreichsten Werbungen der vergangenen Jahre und gewann so ziemlich jeden Preis, den es zu gewinnen gab.

Funke wusste alles. Jedes Detail. Sie war schließlich Ermittlerin. Für irgendetwas mussten sich ihre Ermittlungskenntnisse ja bewähren.

Funke musste blinzeln, als die Sonne ihr direkt ins Gesicht strahlte. Es fühlte sich gut an. Wie früher. Es war einfach nur schön, dass sie ihre alte Freundin nun wiederhatte.

»Und dein Bruder?«, fragte Funke »Wie macht er sich?«

»Marcel«, sagte Franziska und atmete einmal schwer durch. »Es hat sich nicht viel geändert.« Sie ließ eine kurze Pause und rührte noch einmal in ihrem Milchkaffee. »Er ist noch immer das Sorgenkind der Familie.« Dann lächelte sie und schaute zu Janina auf. »Aber ich glaube fest daran, dass wir alles hinbekommen. Irgendwie.«

Sorgenkind. Das klang hart. Aber es war wohl nicht ganz abwegig. Janina erinnerte sich zurück an ihre Schulzeit. Ronald war zwei Klassen unter ihr. Er war vielleicht das merkwürdigste Kind auf dem Gymnasium. Ein Einzelgänger, der wirklich Probleme hatte, Anschluss zu finden. Saß ständig allein mit seinem Zeichenblock auf dem Gang, hatte Kopfhörer auf den Ohren und kapselte sich komplett von der Außenwelt ab. Janina hatte es immer leidgetan, ihn so zu sehen. Hin und wieder hatte sie versucht, ihn ein wenig aus seiner Gedankenwelt zu ziehen und am echten Leben teilhaben zu lassen. Aber es war ihr nie gelungen. Vielleicht, weil er das auch gar nicht wollte. Sie hatte sehr viel später, während ihres Psychologiestudiums, gelernt, dass man Menschen nur schwer zu einer Verhaltensänderung bewegen kann, wenn diese das nicht von sich aus wollen. Und Ronald wollte nicht. Er fühlte sich wohl. Irgendwie.

»Was macht er denn so?«

Franziska winkte ab.

»Weißt du, Janina … Marcel ist genial. Ich glaube, er ist wirklich etwas Besonderes. In ihm steckt so viel. Aber er schafft es einfach nicht, das aus sich rauszuholen. Er ist ein Träumer. Kein Macher. Wenn er es nur irgendwie hinbekommen würde, seine ganzen Gedanken und Ideen einmal zu Papier zu bringen. Ich bin mir wirklich sicher, dass aus ihm etwas werden könnte. Ein großer Maler. Ein großer Autor.« Sie lachte. »Vielleicht sogar ein großer Musiker, was weiß ich.«

»Und wie hält er sich über Wasser?«

Franziska winkte ab. »Ach, Nebenjobs. Fürchterliche Nebenjobs. Sie liegen weit unterhalb dessen, was er eigentlich machen könnte.« Es schien sie wirklich mitzunehmen. »Marcel sollte nicht in irgendwelchen Tankstellen hinter der Kasse stehen oder Toiletten reinigen oder Hausmeisterdienste übernehmen. Das macht es ja auch nur noch schlimmer.«

»Weil er sich minderwertig fühlt?«

»Er hat das Gefühl, ein Versager zu sein. Und es ist nicht leicht, ihm das auszureden.«

Janina schaute Franziska lange an.

Als sie gerade etwas sagen wollte, vibrierte ein Mobiltelefon. Funke griff in ihre Tasche, sah aber, dass es nicht ihr Gerät war. Sie schaute zu Franziska. »Willst du nicht rangehen?«

»Eigentlich nicht.« Franziska überlegte kurz. Und griff dann doch zu ihrem Telefon.

»Ja, was gibt es denn?«

Sie verzog das Gesicht.

»Nein«, sagte sie. »Nein, das geht nicht. Nicht jetzt.« Pause. »Das ist mir egal.« Wieder eine längere Pause. »Das ist nicht mein Problem, du bist alt genug, ich kann nicht immer alles für dich regeln.« Franziska wurde rot. Funke sah ihr an, dass ihr die Situation unangenehm war.«

»Okay«, sagte sie schließlich. »Ich melde mich gleich bei dir.« Dann legte sie auf und ließ das Gerät in ihre Tasche fallen. »Es tut mir leid …«, sagte sie.

»Ist alles in Ordnung?«, fragte Funke nach. »Das klang nicht gut.«

»Es ist … mein kleiner Bruder. Egal wie alt er ist, er wird wohl immer mein kleiner Bruder bleiben.«

»Hat er Ärger?«

»Mehr, als mir lieb wäre. Es tut mir wirklich leid, Janina … ich mache es wieder gut, ich verspreche es dir. Hast du diesen Donnerstagabend schon etwas vor? Ich lade dich zum Essen ein. Nur du und ich. Kein Telefon, okay?«

Funke setzte gerade an, etwas zu sagen, da legte sich Franziska demonstrativ den Finger auf den Mund. »Ein Nein kann ich leider nicht akzeptieren.«

3

Licht. Endlich wieder Licht. Der schmächtige Mann lehnte sich in seinen Schaukelstuhl und wippte langsam vor und zurück. Er betrachtete die kahle Landschaft, die sich kilometerweit vor ihm erstreckte. Ein paar Bäume. Einige Sträucher. Und Erde. Ein Feld reihte sich an das andere. Es roch nach Dünger und frischem Heu. Er schloss seine Augen. Nur der Wind war zu hören. Er liebte es hier draußen. Die letzten Wochen in der kleinen Wohnung hatten ihn beinahe wahnsinnig werden lassen. Er hatte das Gefühl ersticken zu müssen. Hier draußen konnte er nun endlich wieder atmen. Hier war er noch nah dran am echten Leben. Am wahren Leben. Nicht an dieser künstlichen Vorstellung, die die anderen Menschen sich davon machten. Er verachtete die Stadt. Für ihn war sie nur eine unnatürliche Ansammlung von aufeinander hockenden Menschen, die sich einbildeten, sich selber verwirklichen zu können. Die sich über ihre erbärmlichen Lebensumstände hinwegtäuschten. Menschen, die sich doch bloß selbst belogen. Wenn er nur an die Plattenbauten von Berlin dachte. An diese Konservenbüchsen, in denen sich Hunderte von Menschen förmlich die Luft zum Atmen nahmen. Das war doch krank. Verkommen. Falsch.

Er schaute wieder in die Ferne. Er wollte sich jetzt nicht aufregen. Nicht heute. Es war ein besonderer Anblick, der sich ihm hier bot. Der Tag neigte sich langsam seinem Ende zu und die Sonne hatte sich rot eingefärbt. Ganz langsam versank sie am Horizont. Das letzte Licht des Tages. Am liebsten hätte er jetzt die Zeit angehalten. Es war einer dieser Momente, in denen all die Sorgen und all die Probleme ganz weit weg waren und ihn in keiner Weise betrafen. Er nahm einen tiefen Atemzug, dann raffte er sich auf und schwang seinen Körper aus dem Schaukelstuhl. Langsam und gemächlich ging er über den hölzernen Anbau und stieg die drei Treppenstufen hinab. An einem der tragenden Balken lehnte eine Axt. Beinahe beiläufig griff er nach ihr und ließ sie von Hand zu Hand fallen. Er ging über das Feld und spürte, wie der Wind langsam schärfer wurde. Die Sonne war nun beinahe untergegangen. Der Himmel färbte sich nun langsam in ein dunkles Blau. Die Gummistiefel des schmächtigen Mannes quietschten. Er blieb stehen. Vor ihm war der große Stall. Er zögerte noch ein paar Sekunden. Dann trat er ein.

Die Pferde wurden sofort unruhig. Sie wieherten und traten in ihren kleinen Boxen auf der Stelle. Der schmächtige Mann näherte sich einem großen schwarzen Hengst. Es war das schönste Pferd von allen. Stolz und gut gebaut. Der schmächtige Mann legte seine Hand an den Hals des Pferdes und kam ihm ganz nah. Er betrachtete das schwarze Auge des Tiers. Für einen kurzen Moment glaubte er, dass er sich in ihm spiegelte. Aber das hatte er sich wahrscheinlich nur eingebildet. Er spürte, wie das Pferd unruhig aus seinen Nüstern atmete.

»Was hast du denn?«, fragte er mit sanfter Stimme. »Habe ich euch erschreckt? Es ist doch alles gut.« Er streichelte mit seiner Hand über die seitlich abgestellten Ohren des Tiers, das sich nicht wieder beruhigen wollte. »Ich verstehe schon«, sagte er. »Ich bin hier unerwünscht.« Er spürte, wie er wütend wurde. Dann verließ er den Pferdestall wieder und ging zu dem kleinen Hühnerschlag gegenüber. Die Tiere schreckten auf, als er eintrat, und fingen an zu gackern und wild umherzulaufen. Der schmächtige Mann griff sich ein Huhn am Hals und hob es hoch. Das Huhn kreischte und schlug hilflos mit den Flügeln um sich. Es versuchte vergeblich aus dem engen Würgegriff zu entkommen. Der Mann nahm das Huhn mit in den Hof.

Dann hörte man einen stumpfen Schlag.

Und es wurde wieder still in der einkehrenden Nacht.

4

Becker schreckte hoch. Scheiße! Er war eingeschlafen. Schon wieder. Er rieb sich die Augen, nahm den Laptop von seinem Schoß und stellte ihn neben sich auf das Sofa. Das ging jetzt schon seit Tagen so. Gesund konnte das nicht sein. Er hatte mittlerweile jedes Zeitgefühl verloren. Becker stand auf und streckte sich. Er schaute auf die Uhr. Vier Uhr dreißig. Seltsame Zeit. Die Nacht war schon vorbei, aber der Tag hatte noch nicht richtig begonnen. Becker stellte sich ans Fenster, zog das Rollo hoch und schaute hinunter auf die Stadt. Berlin schlief noch. Nur in vereinzelten Wohnungen brannte Licht. Nachteulen. Oder arme Gestalten, die sich gleich schon auf den Weg zur Arbeit machen mussten.

Becker fasste sich an die Stirn. Er glühte noch immer. Er musste sich irgendwas eingefangen haben. Er öffnete das Fenster. Er brauchte jetzt ein wenig frische Luft. Dann ging er an den Wohnzimmerschrank und zog einen Scotch heraus. Es war einer der besseren, den er noch zu Hause rumstehen hatte. Aber die Auswahl war mittlerweile auch nicht mehr allzu groß. Becker nahm einen Schluck direkt aus der Flasche und verzog sofort das Gesicht. Wie das brannte! Er schüttelte sich und nahm noch einen Schluck. Immer noch die beste Medizin, dachte er und streifte ein wenig durch seine Wohnung. Schon vor ein paar Tagen dachte er, dass es eigentlich nicht mehr schlimmer werden könnte. Nun. Er hatte sich getäuscht.

Auf seinem Schreibtisch stapelten sich Bücher und Akten. Sie alle hatten irgendwas mit Kannibalismus zu tun. Becker hatte sich in der vergangenen Woche wie ein Besessener in das Thema eingearbeitet. Er hatte sich dicke Wälzer aus der Bibliothek ausgeliehen und alles an Wissen zusammengetragen, was er zu diesem Thema finden konnte.

Dabei hatte er die absonderlichsten Dinge erfahren. Etwa die Sache mit den Sandtigerhaien. Sandtigerhaie waren schon Kannibalen, bevor sie überhaupt das Licht der Welt, oder besser gesagt: das Licht des Ozeans erblickten. Noch als Embryonen im Mutterleib fraßen sie die anderen Embryonen auf, die sie umgaben. Um mehr Platz zu haben. Becker schüttelte den Kopf. Das waren eher die kuriosen Nebengeschichten, die man mal auf einer Party erzählen könnte, dachte er. Na ja. Wenn er tatsächlich jemals wieder auf eine Party gehen würde. Der Anblick der Aktenberge ließen berechtigten Zweifel aufkommen.

Aber im Moment hatte er sowieso ganz andere Dinge im Kopf.

Kannibalen. Alles drehte sich in seinem Kopf nur noch um diese eine Sache. Becker stellte sich vor die große Pinnwand. Sie war inzwischen voller Papiere und handschriftlicher Notizen. Er hatte versucht, eine gewisse Ordnung hineinzubringen. Auf der linken Seite der Pinnwand waren ein paar ganz allgemeine Informationen zusammengetragen. »Der Beginn«, stand da. Versehen mit einer Jahreszahl. »1492«. Das war das Jahr, in dem es die erste schriftliche Erwähnung von Kannibalismus gab. Sie kam von Christoph Kolumbus. Er schrieb in einem seiner Berichte, dass die Bewohner der Insel Hispaniola in schrecklicher Furcht lebten, denn auf der Nachbarinsel wohnten die sogenannten »Caniba«. Ein Volk, das dafür bekannt war, andere zu jagen und aufzuessen.

Doch auch vor Kolumbus wird es schon Fälle von Kannibalismus gegeben haben. Auch wenn es darüber keine schriftlichen Aufzeichnungen gab. Die Azteken haben für ihre Glaubensvorstellungen Menschen geopfert. Und diese Opfer vielleicht auch teilweise verspeist? Das waren die Grundlagen. Aber das war nichts, was ihm hier weiterhalf.

Becker verließ die Pinnwand und setzte sich wieder auf die Couch. Er zog den noch aufgeklappten Laptop heran. Also gut. Weitermachen. Half ja alles nichts. Er wischte einmal über den Sensor und der Sperrbildschirm verschwand. Hier waren wir wieder. Das Kannibalen-Forum.

Auf der Fußleiste wurde ihm angezeigt, dass noch drei angemeldete Mitglieder online waren. »Na, wen haben wir denn da?«, fragte Becker und ließ sich die Namen anzeigen. »Bingo.« Einer von den drei Nutzern war »Chefkoch«.

Der Kerl schien ebenfalls keinen normalen Tagesablauf zu haben. Becker biss sich auf die Lippe und legte seine Finger auf die Tastatur. Er musste jetzt irgendwie weiterkommen. Er hatte es satt, dass er sich ständig nur auf der Stelle bewegte. Er war bereits seit mehr als einer Woche an dem Fall dran, und es hatte sich nichts entwickelt. Gar nichts. Und das, was er hatte, das brachte ihm nichts. Er wusste, dass ihm die Zeit davonlief. Gleich in mehrfacher Hinsicht. Er brauchte dringend ein Ergebnis, damit der Fall nicht einfach zu den Akten gelegt wurde. Er brauchte aber auch dringend ein Ergebnis, damit er handeln konnte, bevor noch etwas Schlimmeres passierte.

»Ungewöhnliche Uhrzeit …«, schrieb Becker den Fremden an.

Es dauerte nur ein paar Sekunden und ein kleines Briefsymbol poppte auf. Becker öffnete die Nachricht, die er erhalten hatte.

»Die beste Zeit, um neue Rezepte zu testen«, schrieb Chefkoch zurück.

Becker spürte, wie der Schweiß ihm wieder über die Stirn lief. Was hatte das zu bedeuten? War das wörtlich gemeint? War der Typ gerade wirklich dabei …? Er musste das jetzt herausfinden. Vorschriften und Regeln waren ihm egal. Vor Gericht würde man diese Protokolle wahrscheinlich sowieso nicht annehmen. Dann war es eben so. Aber er wollte keine Antworten für das Gericht. Er wollte Gewissheit für sich selbst. Becker zögerte noch eine Sekunde, überlegte, ob er wirklich bereit war, eine weitere Grenze in diesem Fall zu überschreiten.

»Was für ein Rezept?«, tastete er sich vorsichtig heran.

»Orientalisch«, antwortete ihm Chefkoch. »Mariniertes Kotelett, mit Bulgur und einer leicht gewürzten Joghurt-Creme.«

»Rippen?«

»Fleisch am Knochen ist noch immer das schmackhafteste Fleisch.«

Becker atmete tief durch. Er betrachtete die vielen ausgedruckten Fachartikel, die vor ihm lagen. Die wenigen Expertinnen und Experten, die es auf diesem Gebiet gab, gingen davon aus, dass die Kannibalismus-Szene nur sehr klein war. Ein paar Tausend Menschen in Deutschland. Die meisten davon hatten einfach nur sehr abseitige Fantasien. Aber es reichte ja, wenn nur eine dieser Personen beschloss, diese Fantasien wahr werden zu lassen.

Becker starrte auf seinen Bildschirm. Das blaue Licht ließ sein Gesicht noch ungesünder aussehen. Ist er es? Ist dieser Kerl, mit dem ich hier gerade schreibe, diese eine Person?

Vieles sprach dafür.

Becker rutschte ein wenig auf seinem Sofa herum, setzte sich aufrecht hin und fing an zu tippen. »Diese Rezepte klingen alle köstlich. Würde alles geben, um einmal eins auszuprobieren.«

Becker atmete schwer. Er wusste, dass er gerade dabei war, sämtliche Grenzen zu überschreiten. Er griff nach der Scotch-Flasche und nahm einen großen Schluck.

»Was hindert dich?«, fragte Chefkoch zurück.

»Die Zutaten. Schwer zu bekommen.«

»Wieso? Gibt doch genügend Longpigs hier. Ist wie ein Marktplatz.« Becker tippte nervös mit seinen Fingern auf dem Tisch. Er fühlte sich gar nicht gut bei dem, was er hier gerade machte.

»Die meisten kann man vergessen«, schrieb er. »Sind nur Rollenspieler. Träumer. Keine Macher.«

Er ließ eine kurze Pause. Starrte auf den Bildschirm. »Aber du bist ein Macher«, setzte er hinterher. Dann schickte er die Nachricht ab. Er spürte, wie sein Herz immer schneller schlug. Er schwitzte. Verdammtes Fieber. Aber vielleicht war das auch diese Sache hier. Becker spürte, dass er sich gerade auf ziemlich dünnes Eis begeben hatte. Und dieses Eis zeigte erste Risse.

»Weißt du, wer ein Macher war?«, schrieb Chefkoch zurück und beantwortete seine Frage gleich selbst. »Issei Sagawa! Der Mann hat es wirklich durchgezogen!«

»Weiß nicht, ob ich das so könnte«, schrieb Becker. »Du?«

Dieses Mal dauerte es länger als gewohnt, bis er eine Antwort bekam. War er zu weit gegangen? Er wollte Chefkoch ein wenig herausfordern. Ihn dazu bringen, mehr zu erzählen. Sich nicht die ganze Zeit hinter seinen Rezepten und seinem Issei-Sagawa-Wahn zu verstecken. Er wollte an ihn herankommen! An den Menschen hinter dem Profil. Aber vielleicht hatte Becker übertrieben. Vielleicht war diese Frage genau die eine Frage zu viel. Vielleicht hatte er seinen Gesprächspartner damit endgültig verschreckt.

»Komm schon«, sagte Becker und schnippte gegen den Monitor seines Laptops. »Antworte!« Dann ploppte wieder eine Nachricht auf. Endlich. Becker atmete erleichtert aus. Das hatte lange gedauert.

»Wer immer nur tut, was er schon immer getan hat, der bleibt auch immer das, was er schon immer gewesen ist.«

Verdammtes Arschloch, dachte Becker. Versteckte sich hinter dummen Sprüchen. Aber Becker hatte keine Lust mehr auf diese Spiele. Er wollte jetzt einfach vorwärtskommen.

»Ich kann das nicht. Aber ich würde gerne. Vielleicht bräuchte ich jemanden, der mir zeigt, wie.«

»Einen Lehrer?«

»Einen Lehrer.«

Becker war bereit, ins Volle zu gehen. Alles zu riskieren. »Ich komme aus Berlin«, schrieb er. »Wäre ein Treffen möglich?«

Ein Fehler. Chefkoch blockte sofort ab. »Auf keinen Fall«, schrieb er umgehend zurück. »Viel zu riskant.«

Scheiße! Becker schlug auf seinen Tisch und ließ sich auf das Sofa zurückfallen. Verdammte Scheiße, Becker! Das war ein Schritt zu viel gewesen! Er spürte, wie sich eine Hitze in ihm ausbreitete. Gleichzeitig schüttelte es ihn am ganzen Körper. Er spürte, dass er eine Pause brauchte, um zu verarbeiten, was sein Geist seit Tagen an Abfall konsumierte. Becker griff nach der Zigaretten-Packung, zog eine raus und raffte sich von seinem Sofa auf. Er stellte sich ans Fenster und zündete sich die Kippe an. Die frische Luft tat gut. Es war eine kühle, aber klare Nacht. Beinahe wolkenlos. Der Vollmond stand gut sichtbar am Himmel und die Sterne waren so klar wie schon lange nicht mehr. Ich muss hier raus, dachte Becker. Seit drei Tagen hatte er seine Wohnung nicht mehr verlassen. Seit drei Tagen hatte er sich mit nichts anderem beschäftigt als Kannibalismus. Wie ein Virus hatte dieser Fall sein gesamtes Leben befallen.

Er verlor so langsam den Abstand. Becker wusste, dass das gefährlich war. Zumindest für ihn. Er neigte dazu, sich zu stark in seine Arbeit zu vertiefen. Aber gerade diese Eigenschaft, das wusste er, machte ihn ja so gut. Für Becker war ein solcher Fall ein Drahtseilakt. Auf der einen Seite musste er ganz nah ran. Er wollte denken, wie der Täter dachte. Regelrecht in seinen Kopf hineingelangen. Auf der anderen Seite durfte er auch nicht seinen professionellen Blick verlieren. Er brauchte Abstand, um das große Ganze noch erkennen zu können.

Becker nahm einen Zug und blies den Rauch in die Nacht hinaus. Meistens gelang ihm das. Manchmal nicht. Für diese Fälle hatte er dann Funke. Ach, Janina. Was würde er nur ohne sie machen? Sie war die Stimme der Vernunft, die ihn immer wieder aus dem Sumpf zog, in den er viel zu leichtfertig reingesprungen war. Aber sie war auch so viel mehr. Irgendwie war sie seine Rettung. Sein Anker, damit er nicht komplett unterging.

Er wusste, was er an ihr hatte. Er wusste nur nicht, wie er es ihr zeigen sollte. Becker war klar, dass er ein beschissener Chef war. Eigentlich war er überhaupt nicht dafür gemacht, selbstständig zu arbeiten. Gut, seien wir ehrlich. Er war auch nicht dafür gemacht, als Angestellter zu arbeiten. Becker war überhaupt nicht dafür gemacht, sich in irgendeinem System zurechtzufinden, dessen Regeln er nicht selber erfunden hatte. Becker hasste Organisation. Er hasste es, Rechnungen zu schreiben. Er hasste es, Rechnungen zu überweisen. Er hasste es, sich um die alltäglichen Dinge zu kümmern, die für ihn allesamt keine Bedeutung hatten. Er hatte Glück, dass Funke vieles von diesem Alltagsquatsch, wie er das nannte, übernahm. Aber auch sie kam nicht immer hinterher. Er hatte ein Talent dafür, sich immer neue Arbeit aufzuhalsen, lange bevor er das, was noch offen war, erledigt hatte.

Becker öffnete die Tür zu seinem Balkon, ging raus und setzte sich auf den alten Gartenstuhl, der dort schon seit einigen Jahren vor sich hin rostete. Er legte seine Oberarme auf die Brüstung und atmete durch. Wann hatte das eigentlich alles begonnen? Dieser Rausch, der kein Ende zu finden schien?

Becker schaute auf die Stadt und sah, dass sich im Osten die Wolken langsam färbten. Von einem tiefen Schwarz gingen sie über in ein dunkles Blau, und aus dem Blau wurde ein leichtes Violett. Bald würde die Sonne aufgehen. Bald würde die Stadt aufwachen. Becker stand von seinem wackeligen Gartenstuhl auf und streckte sich. Dann schnippte er den Rest seiner Zigarette vom Balkon hinunter und ging ins Wohnzimmer. Als er an seinem Laptop vorbeikam, sah er, dass das kleine Briefsymbol aufleuchtete. Aufgeregt setzte sich Becker wieder hin. Eine neue Nachricht. Von Chefkoch. Vielleicht war es doch noch nicht zu spät.

Er öffnete das Nachrichtenfenster.

»Vielleicht wäre ein Treffen wirklich möglich«, schrieb Chefkoch. »Aber vorher brauche ich einen Vertrauensbeweis.«

5

Gebannt starrte er auf seinen Monitor. Der schmächtige Mann atmete schwer. Er wirkte unruhig. Das tat er immer. Aber dieses Mal hatte er auch allen Grund dazu. Er *wirkte* nicht bloß angespannt. Er war es auch. Zitterte am ganzen Körper. Wieder war er kurz davor, einen Schritt weiter zu gehen. Und wieder fragte er sich, ob dieser eine Schritt nicht vielleicht der Schritt zu viel war. Er spürte, dass er sich einem Abgrund näherte. Nein, das stimmte nicht. Er hatte ihn längst erreicht. Und jetzt tänzelte er an diesem Abgrund entlang. In vollem Bewusstsein, dass eine falsche Bewegung ihn endgültig zu Fall bringen konnte.

Er sollte es einfach bleiben lassen. Sich zurückziehen. Sich aus der Sache rausnehmen.

Aber das ging nicht mehr. Es war zu viel passiert. Er war zu tief drin. Er hatte den Zeitpunkt verpasst, an dem er einfach so aussteigen konnte. Und vielleicht wollte er das auch gar nicht mehr. Etwas drängte ihn, weiterzumachen. Seinen Drahtseilakt noch ein wenig weiter auszureizen.

Was war das nur? Waren es die Stimmen in seinem Kopf? Oder war es dieses Gefühl, das von ihm Besitz ergriffen hatte? Dieses Gefühl von Macht. Ein Gefühl, das er niemals zuvor in seinem Leben so stark verspürt hatte.

Es war gar nicht so sehr die Macht, die er über einen anderen Menschen hatte. Es war mehr die Macht, etwas gestalten zu können. Den Gang der Geschichte zu beeinflussen.

Es waren wirre Gedanken, die in seinem Kopf umherspukten. Und sie wurden schon wieder viel zu laut. Der schmächtige Mann nahm eine Zigarette und zündete sie sich an. Eigentlich rauchte er nicht mehr. Aber er hatte vor ein paar Tagen wieder angefangen. Er bildete sich ein, dass das seine Nerven beruhigte.

»Na, komm schon«, sagte er und tippte mit seinen Fingern auf die Tastatur. »Wo bleibst du denn?«

Er nahm einen Zug und musste husten. Der Tabak war viel zu stark. Der Rauch brannte in seinem Hals. Er schaute auf die Packung. Polnische Zigaretten. Hatte er unten am Bahnhof gekauft. Von irgend so einem Typen, der das Zeug auf einer Decke feilbot. Das Billigste vom Billigsten. Ekelhaft. Keine Ahnung, ob das wirklich Tabak war, was er da rauchte. Würde ihn nicht wundern, wenn das Arschloch da noch Sägespäne untergemischt hätte, um ein paar Euro mehr zu verdienen. Scheiß drauf. Er nahm noch einen Zug. Sein Hals gewöhnte sich langsam an die Schärfe. Dann schaute er wieder auf seinen Laptop.

Der gesamte Raum war abgedunkelt. So wie immer. Nur das blaue Licht des Bildschirms erhellte das Gesicht des schmächtigen Mannes. Er wirkte blass und ungesund. Aber das wusste er selber. Das war der Preis, den er zahlte. Für das alles hier.

Und dann passierte es. Endlich. Der schmächtige Mann drückte seine Zigarette auf einem kleinen Unterteller aus und setzte sich aufrecht hin. Da bewegte sich etwas. Gebannt starrte er auf den Monitor. Es war noch nicht viel zu erkennen. Rauschen. Ein unscharfes Bild. Aber es gab Bewegung.

»Komm schon«, sagte der Mann und wippte vor und zurück. »Komm schon, komm schon … zeig mir, wer du bist!«

Langsam wurde das Bild schärfer. Es war die Aufnahme einer Bildschirmkamera. Man sah ein Wohnzimmer. Weinflaschen. Papiere. Unordnung.

Es sieht fast so unaufgeräumt aus wie bei mir, dachte der schmächtige Mann. Dann sah er wieder eine Bewegung. Jemand lief durch das Bild. Er konnte die Person nicht erkennen. Nur die Umrisse.

Der schmächtige Mann fühlte ein Glücksgefühl in sich aufsteigen. Er hatte es geschafft. Er hatte es wirklich geschafft, Zugriff auf den Computer eines anderen Nutzers zu bekommen. Und das, obwohl er keinerlei Technikkenntnisse besaß. Er hatte sich das selber angeeignet. So wie alles andere auch. Ein paar Nächte im Darknet, ein wenig Neugier und Bereitschaft, sich auszuprobieren – und schon war man imstande, die Kamera eines fremden Computers zu manipulieren! Gar nicht mal so schlecht für einen Anfänger.

Die Aufregung, die er vorhin noch verspürt hatte, war einem Glücksgefühl gewichen. Der schmächtige Mann fühlte sich jetzt wie ein Jäger, der seine Beute beobachtete, ohne dass diese wusste, was mit ihr passiert. Ja, das gefiel ihm.

Und dann sah er, wie sich ein Mann auf das Sofa setze, den Laptop auf seinen Schoß nahm und etwas einzutippen begann. Seine Beute.

Und diese Beute war Bastian Becker.

6

War das die Hölle?

Vielleicht. Vielleicht auch nicht. Becker war sich nicht sicher. Er lag auf dem harten, kalten Steinboden und fühlte jeden einzelnen Knochen in seinem Körper. Scheiße, tat ihm alles weh. Aber es half ja nichts. Er musste aufstehen. Vorsichtig stützte er sich an einer Wand ab und versuchte wieder auf die Beine zu kommen. Keine Chance. Sein Kreislauf war völlig hinüber. Er verlor das Gleichgewicht und landete wieder auf dem Boden.

Was war nur los mit ihm? Ruhig bleiben, Becker. Nicht durchdrehen. Einatmen. Ausatmen. Du kriegst das hin. Er schloss die Augen. Zweiter Versuch. Langsam, ganz langsam. Nichts überstürzen. Dieses Mal gelang es ihm etwas besser, sich an der Wand neben ihm abzustützen. Als er wieder so halbwegs auf beiden Beinen stand, legte er seine Hände auf die Knie, atmete noch einmal tief durch und richtete sich schließlich ganz auf. Er spürte, wie sich eine fürchterliche Hitze in seinem Körper ausbreitete. Er musste wirklich krank sein. Es war wohl ein Fieber, das ihn im Griff hatte. Vorsichtig machte er ein paar Schritte nach vorn. Er schwankte. Aber es ging schon. Der Kreislauf spielte wieder mit. Als Becker wieder halbwegs sicher auf den Beinen war, versuchte er sich einen Überblick zu verschaffen.

Wo war er gelandet? Was war das hier für ein Ort?

Becker kam es so vor, als würde er sich in einem alten Kellergewölbe befinden. Es war dunkel und feucht. Nur an den Wänden steckten ein paar angezündete Fackeln, die ein wenig Licht spendeten. Unheimlich. Er konnte sich nicht erinnern, diesen Ort jemals gesehen zu haben. Becker ging ein paar Schritte. Langsam. Schwerfällig. Das Ganze hier sah aus wie ein altes Tunnelsystem. Er musste irgendwo unterhalb der Erde sein, vielleicht in der Kanalisation. Aber wie war er hierhergekommen? Becker versuchte sich zu erinnern. Aber da war nichts. Sein Kopf war leer. Seine Erinnerung weg.

Er erinnerte sich nur noch an …

Dann ein Geräusch. Ein Klopfen. Als würde jemand mit einem Werkzeug auf ein Rohr schlagen. Das Klopfen wiederholte sich. Es kam unregelmäßig. Klong. Klong. Klong. Dann wieder Pause. Wo kam das her? War hier noch jemand?

»Hallo?«, rief Becker. Keine Antwort. »Hallo? Ist hier jemand?«

Becker ging weiter. Überall hingen Spinnweben. Er wischte sie mit der Hand weg. Er war es ja gewohnt, für seine Ermittlungen auch einmal Zeit mit verwesten Leichen und allerlei Maden und Käfern zu verbringen, die sich auf ihnen bildeten. Alles kein Problem. Aber gegen Spinnen hatte er noch immer eine natürliche Abneigung. Er ging weiter. Und je weiter er kam, desto lauter wurde das Geräusch.

Klong. Klong. Klong. Er musste es bald erreicht haben. Becker fühlte sich nun etwas sicherer auf den Beinen. Beschleunigte seinen Schritt. Dann sackte er zusammen. Er kniete sich auf den Boden und atmete durch. Scheiße! Vielleicht hatte er unterschätzt, wie schlecht es ihm eigentlich ging. Aber egal. Es gab jetzt kein Zurück mehr. Becker richtete sich wieder auf und ging weiter. In seinem Kopf herrschte eine fürchterliche Unordnung. Da waren Hunderte, ach was, Tausende von Gedanken, die alle gleichzeitig auf ihn einprasselten. Die komplette Überforderung. Er versuchte das alles auszublenden. Seine Gedanken nur noch auf dieses Geräusch zu richten. Im Hier und Jetzt zu bleiben. Becker lief weiter. Und dann erreichte er einen großen Raum.

Ein unglaublicher Gestank stieg ihm in die Nase. Er konnte gar nicht ausmachen, was alles dahintersteckte. Es roch nach Ausscheidungen, Schweiß und Verwesung. Angewidert drehte er den Kopf weg. Becker war vieles gewohnt, aber das hier war kaum auszuhalten. Er stülpte sich sein Hemd über die Nase und schaute sich um. Es war düster. Auch hier waren Fackeln angebracht, die den großen Raum in ein warmes, flackerndes Licht tauchten. Der Boden war feucht. An zahlreichen Stellen tropfte es von der Decke. An den Wänden waren Ketten eingelassen. Schwere Ketten, die schon Rost angesetzt hatten. Becker musste unwillkürlich an alte Foltergefängnisse denken. Alles hier war beunruhigend. Was war das nur für ein Ort? Wie war er hierhergekommen?

Plötzlich blitzten Bilder vor ihm auf. Ein Stall. Schweine. Sie quiekten. Ein Mann mit einem Fleischermesser. Blut.

Und dann war es auch schon wieder vorbei. Becker schüttelte die Bilder ab. Er streifte weiter durch den großen Raum. Er musste Antworten finden. Dann bemerkte Becker etwas. Auf dem Boden standen Windlichter. Sie waren kreisförmig angeordnet. Und in ihrer Mitte lag ein Zettel.

»Bring das Fleisch«, stand dort in roter Farbe geschrieben. Bring das Fleisch. Als Becker die Worte las, spürte er einen fürchterlichen Schmerz in seinem Kopf. Er wurde immer schlimmer und schlimmer. Schien sich regelrecht auszubreiten. Von der Schläfe über die Stirn, bis sein gesamter Schädel einfach nur noch ein einziger großer Schmerz war. Becker fasste sich mit beiden Händen an den Kopf. Er konnte sich nicht erinnern, jemals so etwas empfunden zu haben. Verdammte Scheiße, was war das?

Ihm wurde schwindelig. Alles vor seinen Augen verschwamm, wurde undeutlich. Er versuchte seinen Blick auf die Kerzen zu richten, doch sie drehten sich wie wild, und der Schmerz in seinem Kopf wurde immer größer und größer. Bring. Das. Fleisch.

Und dann Stille. Komplette Stille. Von jetzt auf gleich war alles wieder ganz ruhig und der stechende Schmerz war verschwunden. Als wäre nie etwas gewesen.

Dann kam das Geräusch zurück. Klong. Klong. Klong.

Becker spürte, wie sein gesamter Körper in Habachtstellung war. Aber er musste jetzt endlich herausfinden, was los war. Noch immer drehte sich alles. Noch immer war alles undeutlich. Aber er nahm sich vor, sich zusammenzureißen. Er schaute an eine der Wände und erkannte ein schweres Abwasserrohr. Dort musste das Geräusch herkommen. Er ging auf das Rohr zu und folgte ihm. Das Geräusch wurde nun lauter und erklang in immer kürzeren Abständen. Klong. Klong. Klong. Becker ging schneller, stützte sich an der Wand ab, folgte dem Verlauf des Rohres. Klong. Klong. Klong. Beinahe stolperte er über seine eigenen Füße, aber das war egal, er richtete sich wieder auf, lief und lief und lief, und plötzlich hielt er inne.

Was zur Hölle …?

Vor ihm stand ein Mann. Er war nackt. Becker erschrak bei dem Anblick. Damit hatte er nicht gerechnet. Der Kerl war klein und hager. Sein Gesicht verbarg er hinter einer Gasmaske. Was wurde hier nur gespielt? Becker tastete seine Taschen ab. Vergewisserte sich, ob er irgendetwas dabeihatte, womit er sich wehren konnte. Zur Not ein Schlüssel oder sonst irgendetwas, das er als Waffe einsetzen konnte, aber da war nichts. Nur ein paar Taschentücher, die ihm hier aber wahrscheinlich nicht weiterhelfen würden. Becker suchte seine Umgebung ab. Gab es hier nicht irgendwas …? Eine Flasche, ein Rohr, *irgendetwas*, was er … nichts. Becker ging in eine Abwehrhaltung, machte sich bereit zum Kampf.

»Wer sind Sie?«, sprach er den nackten Mann an. »Was wollen Sie?«

Er war sich nicht sicher, ob der Kerl eine Gefahr darstellte, aber irgendwie stellte hier unten alles eine Gefahr dar. Der Typ antwortete nicht. Er schaute Becker nur an. Legte den Kopf schräg.

»Wer Sie sind, habe ich gefragt!« Becker wiederholte seine Worte. Dieses Mal mit deutlich mehr Nachdruck. Hatte er so gelernt. Bloß kein Zeichen von Schwäche zeigen. Immer eine klare, kraftvolle Ansprache. Scheiße. Sein Herz schlug wie wild. Und der nackte Kerl machte keine Anstalten, ihm zu antworten. Im Gegenteil. Er kam langsam auf Becker zu.

»Stehen bleiben!«, sagte Becker. »Nicht näher kommen.«

Doch der Kerl hörte nicht. Kam weiter auf Becker zu. Seine Bewegungen hatten etwas Unnatürliches. Er ging nicht wie ein normaler

Mensch. Bewegte sich abgehackt, beinahe roboterhaft. Bei jedem kleinen Schritt knickte der gesamte Körper ein, bevor er sich wieder aufrichtete und den nächsten Schritt machte. Das ließ diese merkwürdige Erscheinung nur noch viel unnatürlicher wirken. Becker wich einen Schritt zurück.

Dann hörte er, wie sein Gegenüber versuchte, etwas zu sagen. Doch Becker verstand es nicht. Es waren keine Worte. Es war mehr ein Röcheln. Ein angestrengtes Röcheln.

Der Kerl kam wieder zwei Schritte näher. Becker schaute ihm auf die Füße. Sie waren voller Blut. Offenbar hatte er Verletzungen. Becker tippte auf die Achillessehnen. Waren sie durchtrennt …? Nein, unmöglich, dann könnte er doch nicht …

Noch bevor er seinen Gedanken beenden konnte, hörte er, wie der nackte Mann wieder versuchte, etwas zu sagen. Dieses Mal wurde es etwas deutlicher.

»Bring …s Flsch.«

»Was?«, fragte Becker ihn. »Was soll ich bringen?«

»Bring ihm das Fleisch«, wiederholte er nun deutlicher und hielt ihm in diesem Moment die Leine entgegen, die er um seinen Hals gebunden hatte. Man merkte dem geschundenen Körper an, wie viel Kraft ihn jede Bewegung kostete. Becker erschauderte. Becker wusste nicht, was hier passierte. Aber ganz instinktiv griff er nach der Leine, die ihm der andere entgegenhielt.

Der nackte Mann ließ sich zu Boden fallen und krabbelte nun auf allen Händen und Füßen Becker hinterher. Es war eine völlig abstruse Situation. Becker hatte das Gefühl, als hätte er die Kontrolle über sich selbst verloren. Sein Körper hatte auf Autopilot geschaltet. Er handelte nur noch. Aber er hatte keinen Einfluss mehr auf sein Tun. Als wäre er fremdbestimmt, ging er ein paar Schritte mit dem Mann. Becker spürte, wie der Schweiß ihm über seinen Körper lief.

Dann hörte er wieder das Geräusch.

Klong. Klong. Klong. Er ging mit dem Mann an der Leine das lange Abwasserrohr entlang. Ihm war so heiß. Und so unwohl. Becker dachte, dass er jeden Moment umkippen müsste. War das alles echt? Oder war das einfach nur ein fürchterlicher Traum? Becker wusste es nicht. Er war nicht in der Lage, auch nur einen halbwegs klaren Gedanken zu fassen. Die beiden Männer gingen durch das lange Gewölbe und erreichten einen weiteren Raum. Becker blieb stehen. Er konnte nicht glauben, was er hier sah. Das war nicht echt. Das konnte nicht echt sein. Was für ein kranker Anblick!

In dem Raum vor ihm waren kleine Boxen aufgestellt. Und in diesen Boxen, da waren Männer drin. Eng an eng. Zusammengepfercht wie Tiere. Wie Schweine in einem Stall. Sie waren nackt. Trugen nur Gasmasken. Genau wie der Mann, der hinter ihm auf dem Boden hockte und ihm bei Fuß folgte. Die Menschen in den Boxen grunzten. Becker wurde wieder schwindelig. Und diese heftigen Kopfschmerzen.

Was war hier los?

Er drehte sich um und ging auf den Mann zu. »Was ist das hier?«, fragte Becker ihn. »Wo bin ich hier gelandet? Was ist das für ein krankes Spiel?«

Er bekam keine Antwort. Der Mann senkte nur seinen Kopf und blickte auf den Boden. Becker versuchte ihm die Gasmaske herunterzuziehen. »Schluss mit der Scheiße!«, brüllte er. »Ich habe keine Lust mehr. Ich will endlich verstehen, was hier vor sich geht.« Er zog an der Maske, aber er bekam sie nicht von dem Kopf des Mannes herunter. Es war, als wäre sie mit ihm verwachsen. Becker wurde aggressiver. Begann an ihr zu zerren. Doch ohne Erfolg. Der nackte Mann leistete keine Gegenwehr. Ließ es über sich ergehen. Erst nach einer gefühlten Ewigkeit reagierte er, indem er seinen Arm ausstreckte und mit seinem Finger hinter Becker zeigte. Becker drehte sich um und … Nein! Das konnte doch nicht wahr sein! Er schreckte zurück, stolperte ein paar Schritte nach hinten, verlor dann wieder das Gleichgewicht und fiel auf den Boden. Er atmete schneller. Sein Puls war völlig außer Kontrolle. Den Blick nach vorn gerichtet, kroch Becker langsam rückwärts. Vor ihm stand ein riesiger Mann. Er war nicht so wie die anderen ausgemergelten Männer, die hier in den Boxen ausharrten. Dieser Kerl war ein Hüne. Schwer, breit gebaut, hochgewachsen. Er trug eine zerrissene Jeans und ein weißes, blutbeflecktes T-Shirt. In seiner Hand hielt er ein Schlachtermesser. Und mit dem Schaft des Schlachtermessers schlug er auf das Rohr. Klong. Klong. Klong. Das war er! Das musste er sein! Der Chefkoch! Becker schaute ihn an. Versuchte sein Gesicht zu erkennen. Aber der Kerl hatte sich einen weißen Leinensack auf den Kopf gesteckt, der sein Gesicht verbarg.

»Wer bist du?«, fragte Becker. »Was hast du vor?«

Keine Antwort. »Na los«, sagte er, als er so weit zurückgekrochen war, dass er die Wand in seinem Rücken spürte. »Zeig dich! Zeig mir, wer du bist. Ich muss es wissen.«

Der Hüne kam zwei bedrohlich große Schritte auf Becker zu, stand nun direkt vor ihm, mit dem Messer in der Hand. Becker sah eingetrocknetes Blut auf der Klinge. Dann griff der Schlachter mit seiner Hand nach dem Leinensack und zog ihn langsam von seinem Kopf herunter …

Becker schreckte hoch und riss die Augen auf. Der Schweiß lief ihm die Stirn herunter. Aber dann – Stille. Komplette Stille.

Er schaute sich um. Alles war gut. Er war zu Hause. Auf seinem Sofa. Es war nur ein Traum gewesen. Becker versuchte seine Atmung wieder unter Kontrolle zu bringen. Die Bilder abzuschütteln. Aber es gelang ihm nicht. Immer wieder blitzten sie auf.

Die Männer in den Käfigen.

Der Schlächter.

Becker wurde schlecht. Er sprang von seinem Sofa auf und eilte ins Bad. Er musste sich übergeben.

Was war nur los mit ihm? Er war krank. Er hatte Fieber. Sein Magen spielte verrückt. Und sein Geist begehrte gegen all das Zeug auf, mit dem Becker ihn in den vergangenen Tagen wie ein Besessener zugemüllt hatte. Eine ungesunde Mischung. Becker konnte es nicht leugnen. Diese Ermittlungen nahmen ihn mit. Sie brachten ihn endgültig an seine Grenzen. Nicht nur körperlich. Auch geistig. Etwas in ihm schien sich gegen das zu wehren, was hier passierte. Aber Becker hatte keine Wahl. Was sollte er denn machen? Es einfach bleiben lassen? Eine Pause einlegen? Auf keinen Fall. Das kam nicht infrage. Er stellte sich an sein Waschbecken und drehte den Hahn auf. Mit seinen Händen bildete er eine kleine Schale und fing das kalte Wasser auf, das er sich anschließend ins Gesicht schüttete. Es tat gut. Für einen kurzen Moment.

Bring ihm das Fleisch, hörte er den Nachhall seines wilden Fiebertraumes. Aber das war nicht echt. Das wusste er. Das war nur Einbildung. Nur die Krankheit.

Er öffnete den Spiegelschrank und griff sich eine Packung Tabletten. Er las, was auf der Verpackung stand. Fiebersenkend und schmerzlindernd. Becker drückte sich gleich vier Tabletten raus, ging zurück ins Wohnzimmer und spülte sie mit einem Schluck Cognac runter. Er musste würgen. Komm schon, Becker. Reiß dich zusammen. Behalt das Zeug bloß drinnen.

Dann ließ er sich auf die Couch fallen und klappte seinen Laptop auf. Er war jetzt wieder etwas klarer. Er öffnete sein Postfach und starrte auf den Bildschirm. Er hatte eine neue Nachricht. Becker öffnete sie. Es war genau das, was er befürchtet hatte.

»Betreff: Langschwein«.

Becker wollte das eigentlich gar nicht lesen. Aber er musste da jetzt durch. Schließlich wollte er es so. Er klickte auf die Nachricht und überflog das Geschriebene, um es möglichst schnell hinter sich zu bringen. »Sehr geehrter Schneefänger«, begann die Nachricht. »Hiermit möchte ich mich untertänigst auf Ihre Anfrage melden.« Becker spürte, wie Ekel in ihm aufstieg. Die Anfrage. Er konnte nicht glauben, dass er das tatsächlich gemacht hatte. Dass er tatsächlich eine Kontaktanzeige in einem der Foren aufgegeben hatte, um jemanden zu finden, der sich, nun, der sich tatsächlich verspeisen lassen wollte.

Becker las weiter. Die Nachricht kam von einem jungen Mann. Mitte zwanzig. Arbeitete in einer Werkstatt. Alleinstehend. Die Art, wie er schrieb, entsprach genau dem Stil, dessen man sich in diesen Foren bediente. Der Kerl meinte es wirklich ernst. Er hatte Becker nicht nur seinen echten Namen, sondern auch seine Adresse, seine Telefonnummer und sogar einen Lebenslauf angehängt. Wie in einer echten Bewerbung.

Becker schüttelte den Kopf. Arme verlorene Seele, dachte er. Dann öffnete er die Fotos, die der Mann angehängt hatte. Wahnsinn, dachte Becker. Der Kerl hatte es tatsächlich gemacht. Genauso, wie Becker es von ihm verlangt hatte. Er konnte es gar nicht glauben. Die Fotos zeigten den jungen Mann. Auf einem der Bilder war er oberkörperfrei zu sehen. Auf seinen Bauch hatte er mit einem Filzstift geschrieben: »Eigentum von Schneefänger«.

Becker öffnete ein Bildbearbeitungsprogramm, beschnitt das Foto so, dass man das Gesicht des Mannes nicht mehr erkennen konnte, dann speicherte er es auf seiner Festplatte und leitete es an die Adresse von »Chefkoch« weiter.

Bevor er die Nachricht abschickte, hielt er noch einmal kurz inne. Becker fragte sich selbst, ob er das hier wirklich machen wollte.

Er wusste, dass er hier nicht bloß noch eine weitere Grenze überschritt. Danach gab es wirklich kein Zurück mehr. Für diese Nummer würde er in die Hölle kommen. Mindestens. Sein Zeigefinger ruhte auf der Computermaus. Er konnte sich nicht überwinden, den finalen Klick zu machen. Scheiße, Becker. Was tust du hier?

Becker vergrub sein Gesicht zwischen seinen Händen und rieb sich die Augen. Er fühlte sich wie ein Stück Dreck. Er wollte das nicht. Aber auf der anderen Seite wusste er, dass er kaum eine andere Wahl hatte. Kaum? Es würde sicher noch andere Lösungen geben. So wie es immer noch eine andere Lösung gab. Aber Becker fehlte die Idee. Und die Zeit. Er war in einer Zwickmühle. Chefkoch forderte einen Vertrauensbeweis von ihm, sonst würde er ihn nicht treffen. Das alte Spiel. Ermittler kannten diese Situation nur zu gut. Besonders im Internet bekam man zu bestimmten Kreisen nur Zutritt, wenn man vorher einen Vertrauensbeweis geschickt hatte. Meistens war dieser

Beweis mit einer Straftat verbunden. Becker erinnerte sich an einen Fall aus seinem aktiven Polizeidienst. Damals war man einem Kinderpornoring auf der Spur. Um in die geschlossenen Gruppen aufgenommen zu werden, musste man allerdings selbst solche Videos versenden. Das ging nicht. Das war gegen das Gesetz. Und es war auch moralisch nicht vertretbar. Becker erinnerte sich an die glühenden Gespräche, die er mit seinen Kollegen damals geführt hatte. Es war zum Verrücktwerden. Man stand vor einer Tür, hinter der die schlimmsten nur vorstellbaren Verbrechen begangen wurden. Aber man hatte nicht den Schlüssel, um die Tür zu öffnen. Becker wusste, dass noch heute die wildesten Vorschläge diskutiert wurden, um dieses Problem zu lösen. Die Bilder künstlich mit dem Computer zu erzeugen etwa. Aber auch das war rechtlich nicht so einfach. Damals blieb die Tür verschlossen. Man musste einen neuen Weg finden. Dieses Mal war es anders.

Becker war nicht mehr von Dienstvorschriften abhängig. Er ermittelte hier auf eigene Faust. Das machte aus etwas Unerlaubtem nicht etwas Erlaubtes. Aber hier bewegte er sich in einem Graubereich. Chefkoch hatte von ihm verlangt, jemanden zu finden, der bereit wäre …, wie hatte er das formuliert, »Fleisch zu spenden«. Und davon gab es ja in diesen Foren jede Menge Leute. Wie weit die das alle ernst meinten, wusste Becker natürlich nicht. Ihm war klar, dass das für die meisten nur ein Rollenspiel war. Eine Fantasie. Aber er musste handeln. Er wollte nicht, dass die Tür verschlossen blieb. Die Folgen, die das nach sich ziehen konnte, waren zu schwerwiegend.

Er musste abwägen. Dass dem Mann, der ihm die Fotos geschickt hatte, ein ernsthafter Schaden entstehen konnte – die Gefahr hielt er für gering. Immerhin hatte er ihn komplett unkenntlich gemacht. Kein Gesicht. Keine persönlichen Daten. Nichts. Er würde Chefkoch nur das Foto weiterleiten. Als Vertrauensbeweis. Damit konnte er nicht viel anfangen. Gleichzeitig missbrauchte er das Vertrauen eines anderen Menschen. Er nutzte ihn aus. Auf eine der nur schlimmstmöglichen Arten.

Becker spürte, wie der Schmerz sich wieder in seinem Kopf ausbreitete. Nein, es war nicht in Ordnung, was er tat. Aber vielleicht könnte er dadurch ein Menschenleben retten. Und das war es verdammt noch mal wert, sprach er sich selber zu. Dann schickte er die Fotos ab. Er spürte, wie ihm wieder übel wurde. Er klappte seinen Laptop zu, stellte ihn an die Seite, sank auf seinem Sofa in sich zusammen und schloss die Augen. Dann versank er wieder in einem nebligen Fieberschlaf.

7

Der kleine, schmächtige Mann öffnete seine Augen und erwachte aus einem langen, unruhigen Schlaf. Er starrte in die Dunkelheit. Stille. Ein kurzer unschuldiger Moment der Ruhe. Ein kurzer Moment, in dem ein klein wenig Hoffnung in ihm aufkeimte. War das alles doch nur ein Traum?

Aber es dauerte nicht lange, bis ihn die Erinnerungen wieder einholten. Innerhalb von Sekunden schossen ihm Dutzende von Bildern durch den Kopf. Albtraumhafte Bilder. Die Bilder, die ihn schon seit Tagen verfolgten. Tod. Fleisch. Verderben.

Der schmächtige Mann ballte die Fäuste und schlug mit ihnen auf seinen Kopf ein. Es sollte aufhören. Es sollte einfach aufhören. Er atmete schwer. Spürte, wie seine Gedanken ihn überforderten. Es war einfach zu viel. Es war alles zu viel. Warum war ihm keine Ruhe vergönnt? Und dann waren da noch diese Stimmen.

Du hast die Kontrolle verloren.
Du hast zu viele Fehler gemacht.
Du bist nicht bereit für das, was kommen wird.

Er drehte sich von seinem Rücken auf den Bauch und hielt sich die Ohren zu. Als würde das irgendetwas ändern. Als würde das die Stimmen zum Schweigen bringen. Aber es änderte nichts. Natürlich nicht. Der schmächtige Mann stellte sich die immer gleichen Fragen. Hatte er den Verstand verloren? War er dem Wahnsinn verfallen? Er spürte, wie ohnmächtig er eigentlich war, und diese Ohnmacht war es, die ihm zu schaffen machte. Er bekam kaum noch Luft. Fing an zu schluchzen. In was war er da nur reingeraten? Wie konnte er alles so weit kommen lassen? Eine Träne lief ihm über sein Gesicht. Er fing an zu bereuen. Aber er bereute nicht das, was er getan hatte. Nein, damit hatte er sich schon längst abgefunden. Es war vielmehr das Ergebnis seiner Taten, das ihm nicht gefiel. Er hatte es nicht geschafft, seine Taten zu etwas Größerem werden zu lassen. So waren seine Taten einfach nur gewöhnliche Verbrechen. Aber er wollte kein gewöhnlicher Verbrecher sein. So sah er sich nicht. Es machte ihn fertig, dass er nicht dort war, wo er eigentlich sein wollte. Er hatte sich mehr erhofft. Mehr versprochen. Doch statt voranzukommen, trat er ständig auf der Stelle. War vielleicht sogar zurückgefallen. Und jetzt spielte sein Verstand ihm auch noch Streiche. So weit hätte es nicht kommen dürfen.

Aber was brachte das jetzt? Dieses Gejammere. Er musste sich zusammenreißen. Die nächsten Schritte planen.

Das Schlimmste, was jetzt passieren konnte, war, die Kontrolle zu verlieren. Denn noch hielt er die Zügel in der Hand. Er war den Ermittlern noch immer um zwei Schritte voraus. Da war er sich sicher. Und diesen Vorsprung musste er ausbauen. Er musste jetzt weitermachen. Er würde seine Ziele schon noch erreichen.

Der schmächtige Mann raffte sich auf und setzte sich im Schneidersitz auf den harten Boden. Einatmen. Ausatmen. Ruhig bleiben. Den Fokus finden. Lass dich von den Stimmen in deinem Kopf nicht verunsichern. Sie sind gar nicht wirklich da. Da bist nur du. Vertrau auf dich.

Er durfte sich jetzt keine Schwäche erlauben. Schließlich ging es hier nicht bloß um ihn. Es ging um etwas viel Größeres. Es ging um etwas, worüber man noch in vielen Jahren sprechen würde. Es ging um *Kunst*.

Der schmächtige Mann hatte sich beruhigt und öffnete wieder seine Augen. Die Stimmen in seinem Kopf waren weg. Es war wieder Ruhe eingekehrt. Langsam stand er auf und ging in das kleine Badezimmer. Dort schaute er sich im Spiegel an. Der Spiegel war verdreckt, er konnte sein eigenes Gesicht darin kaum erkennen. Außerdem hatte er einige Risse, sodass er sein Gesicht in zahlreichen Spiegelungen sah, mal größer und mal kleiner. Als würden ihn die unterschiedlichsten Menschen anstarren, die doch alle nur er selbst waren.

Dann ging er ins Wohnzimmer. Die Wände waren noch immer mit zahlreichen Papieren behangen. Für Außenstehende mussten die vielen kreuz und quer im Zimmer hängenden Zettel wie das Werk eines Wahnsinnigen wirken. Aber für ihn ergaben sie die perfekte Ordnung. Die Zettel waren Puzzleteile, die sich in seinem Kopf zu einem Gesamtbild fügten. Einem Gesamtbild aus Gedanken, Gefühlen und Informationen, mit denen er sich die Welt erklärte. Er ging vorbei an den vielen Rezepten, die er aufgehängt hatte, vorbei an den handschriftlichen Notizen und Skizzen, die er angefertigt hatte, und blieb dann vor ein paar Seiten stehen, die ein wenig aus der Reihe fielen. Es waren die Seiten, die er aus dem alten Märchenbuch herausgenommen hatte. Die Geschichte von Hänsel und Gretel. Er begann das Märchen für sich im Stillen noch einmal zu lesen. Es war perfekt, dachte er. Die perfekte Geschichte. Sie war so perfekt, dass sie für immer überleben würde. Eine Geschichte, die man sich wahrscheinlich noch in zweihundert Jahren erzählen würde. Sie war unsterblich.

So wie er einmal unsterblich werden wollte.

Er nahm die erste Seite der Geschichte vorsichtig von der Wand ab, darauf bedacht, das Papier nicht zu zerstören oder zu beschädigen. Die Seite war für ihn nicht nur wertvoll. Sie war für ihn heilig.

Heilig, weil er davon überzeugt war, dass die meisten Menschen, die das Märchen hörten, gar nicht verstanden, was es damit eigentlich auf sich hatte. Niemand hinterfragte die Geschichte. Niemand stellte sich wirklich ernsthaft die Frage, warum die Hexe den jungen Hänsel aufessen wollte? Wir nehmen das einfach so hin. In unserer Vorstellung ist sie das Böse. Sie tut das, was wir nicht wollen. Sie tut das, was wir nicht *sollen*. Aber das ist zu kurz gedacht. Das erklärt die Geschichte nicht. Denn in Wahrheit ist die Hexe nicht einfach nur das Böse. Im Gegenteil, sie verhält sich sehr menschlich.

Der kleine schmächtige Mann setzte sich an seinen Schreibtisch und betrachtete die Seite, auf der auch eine besonders schöne Abbildung zu sehen war. Die Hexe vor ihrem Lebkuchenhaus. Sie war alt, krumm und hässlich. Und sie lebte einsam in einem Wald. Warum tat sie das? Weil sie das wollte? Weil sie gerne zurückgezogen lebte? Oder war sie dort, weil sie in der normalen Welt niemand haben wollte? Es spielt gar keine große Rolle, dachte der schmächtige Mann. Das Entscheidende ist, dass sie nicht Teil der Gesellschaft war. Dass sie einsam und zurückgezogen lebte. Kein Mensch will einsam und zurückgezogen sein. Wir sind soziale Wesen. Wir brauchen einander. Das muss man verstehen, um auch die Hexe zu verstehen. Um zu verstehen, wieso sie tat, was sie tat. Es ist doch kein Wunder, dass die Hexe nicht einsam sein wollte. Es ist doch kein Wunder, dass die Hexe die beiden Kinder, die ihr zulaufen, für sich behalten wollte. Das ist das Natürlichste auf der ganzen Welt, dachte der schmächtige Mann und steigerte sich immer weiter in seine Gedanken hinein. Sie wollte die Kinder für sich behalten. Sie wollte, dass sie Teil von ihr werden. Also wollte sie Hänsel verspeisen. Diesen Wunsch, den haben wir doch alle. Irgendwie. Wenn man seine Freundin beißt. Wenn man ihr sagt, dass man sie zum Fressen gernhat. Man will die innigste nur mögliche Verbindung mit ihr eingehen.

Und das wollte auch die Hexe. Sie wollte nie mehr allein sein.

Einsamkeit, dachte der schmächtige Mann, ist etwas Schreckliches. Dann legte er das Blatt zur Seite und schaute sich in seiner kleinen Wohnung um.

Ihm war kalt. Er zitterte. Er ging zu der Heizung und drehte sie auf. Wie kalt es doch geworden war in den vergangenen Tagen. Der schmächtige Mann hing noch ein paar Minuten den Gedanken an das Märchen nach. Dann nahm er einen Brief, der auf dem Schreibtisch lag, und faltete ihn auf. Wie oft hatte er ihn in den vergangenen Tagen schon gelesen? Unzählige Male. Wieder und wieder. Als würde das die schlechten Nachrichten irgendwie weniger schlimm machen. Als könnte man sich an die Ablehnung und die Demütigung durch die Worte irgendwann gewöhnen. Als würden sie einen vielleicht sogar noch stärker machen. Aber so war es nicht. Die Worte blieben dieselben. Und die Schmerzen, die sie auslösten, waren noch immer genauso unerträglich wie damals, als er den Brief zum ersten Mal gelesen hatte.

Wieso nur verstand ihn niemand?

Wieso nur waren alle gegen ihn?

Er konnte sich das nicht mehr bieten lassen.

Der schmächtige Mann stand auf und verließ seine Wohnung. Er wusste, dass der Moment gekommen war. Er musste handeln.

8

Es war dann doch noch einmal schlimmer, als sie es erwartet hätte. Funke ging vorsichtig durch die Wohnung. Sie musste auf jeden ihrer Schritte achten. Es sah hier aus wie auf einem Schlachtfeld. Auf dem Boden lagen leere Flaschen, über die sie beinahe gestolpert wäre. Im Flur standen ein paar vollgepackte Mülltüten und neben der Wohnzimmertür stapelten sich leere Pizza-Kartons. »Bastian?«, rief sie. Keine Reaktion. Sie betrat das Wohnzimmer. Funke zog die Augenbrauen hoch. Wie konnte man so leben, fragte sie sich. So eine Unordnung! Überall am Boden lagen Bücher herum, zwischen die Seiten waren kleine Zettelchen als Markierungen geklemmt. Mitten im Raum stand eine große Pinnwand, die voller Fotos und Notizen war. Dann sah sie die Couch. Dort lag Becker. Offener Mund. Der Schweiß stand ihm auf der Stirn. »Bastian …« Funke setzt sich neben ihren Partner und legte ihre Hand vorsichtig auf seine Brust. Er zuckte leicht. Dann öffnete er die Augen. Als er Funke sah, schreckte er hoch.

»Janina«, sagte er und rang nach Worten. Er brauchte ein paar Sekunden, um sich zurechtzufinden. »Was … machst du denn hier?«

»Ich habe mir Sorgen gemacht, Bastian. Du hast dich seit drei Tagen nicht mehr gemeldet …«

»Seit drei …«

Sie merkte Becker an, dass er jedes Zeitgefühl verloren hatte. Er war gar nicht mehr er selbst. Er war ganz in seine eigene Welt abgetaucht. Und er formte sie nach seinen Bedürfnissen. Aus seiner Wohnung war eine Höhle geworden. Ein Schutzraum, in den er sich verkroch, um in Ruhe arbeiten zu können. Um seine Ermittlungen voranzutreiben. Funke kannte das schon. Sie wusste, dass Becker tief in einen Fall abtauchen konnte, so tief, dass er alles um sich herum vergaß. Aber dieses Mal war etwas anders. Dieses Mal sorgte sie sich darum, dass er den Weg nicht mehr zurückfand. Dass er zu tief abtauchte. Becker versuchte aufzustehen, verlor jedoch sein Gleichgewicht und stolperte zurück auf die Couch. Funke legte ihre Hand auf seine Stirn. »Du glühst, Bastian. Du hast hohes Fieber! Wir müssen dich zu einem Arzt bringen.«

»Nein, mir geht es …« Becker hielt inne. »… schon wieder etwas besser«, führte er den Satz zu Ende. Funke schüttelte den Kopf. Von wegen. Er war krank. Und er brauchte dringend einen Arzt.

»Janina«, sagte Becker und fing an zu husten. »Ich habe mir was eingefangen, du hast recht. Aber es geht schon. Wirklich. Ich brauche nur ein wenig Schlaf.«

Funke atmete schwer aus. Sie wusste, dass es sowieso nicht möglich war, Becker von etwas zu überzeugen, das er nicht wirklich tun wollte. Also musste sie nehmen, was sie kriegen konnte. »Bastian«, sagte sie. »Versprich mir, dass du ein paar Tage nichts machen wirst, okay?« Sie schaute auf seinen Laptop, der am Boden stand und leuchtete. »Keine Ermittlungen. Einfach nur Ruhe, okay?«

Becker schaute sie an und nickte. Dann schloss er seine Augen und schlief langsam ein. Funke legte eine leichte Decke über ihn, räumte den gröbsten Müll beiseite und öffnete die Fenster, um einmal durchzulüften. Dann stellte sie sich vor die große Pinnwand und betrachtete sie. Becker hatte wirklich tief gegraben. Er hatte sämtliche Kannibalismus-Fälle, die es in der Vergangenheit gab, zusammengetragen und sie geordnet.

Die Fälle waren unter verschiedenen Schlagwörtern angeordnet. »Hungerkannibalismus« stand da etwa. Funke kannte den Begriff. Das waren Fälle, in denen Menschen aus der Not heraus andere Menschen aufgegessen haben. Becker hatte einige bekannte Fälle gesammelt. Während des Dreißigjährigen Krieges gab es viele solcher Überlieferungen. Oder die Schlacht um Papua-Neuguinea während des Zweiten Weltkriegs. Damals kämpften hundertsechzigtausend auf der Insel stationierte Japaner gegen die Alliierten, und als ihre Nahrungsmittelversorgung zusammenbrach, da begannen sie feindliche Soldaten zu schlachten, um zu überleben.

Funke ging einen Schritt zur Seite, um sich die weiteren Schlagwörter auf der Pinnwand anzuschauen. Becker hatte auch einige Fälle unter dem Schlagwort »Medizinischer Kannibalismus« gesammelt. Davon hatte sie noch nichts gehört. Sie zog ein paar der handgeschriebenen Karteikarten von der Wand herunter und las sie sich durch.

Becker hatte einige interessante Sachen zusammengetragen. Im alten Rom hatte man wohl geglaubt, die Epilepsie heilen zu können, indem man das Blut eines Menschen trinkt.

Daraus entwickelte sich dann irgendwann der »rituelle Kannibalismus«. Funke blieb vor den vielen kleinen Zettelchen stehen. Ritueller Kannibalismus. Genau damit hatte sie sich in den vergangenen Tagen auch befasst. Sie war überzeugt, dass dieser Typ für ihre Ermittlungen am bedeutungsvollsten war. Es ging um Menschen, die daran glaubten, dass sie besondere Kräfte entwickelten, wenn sie die Körperteile anderer Menschen verzehrten. Funke erinnerte sich an die Berichte von südamerikanischen Ureinwohnern, die ihre Feinde verspeisten, weil sie glaubten, dass sie sich so ihre Kräfte einverleiben würden.

Funke betrachtete Becker. Er lag auf dem Sofa und hatte einen unruhigen Schlaf. Er wirkte auf sie, als würde er mit irgendwelchen Dämonen ringen. Am liebsten wäre sie jetzt bei ihm geblieben. Nur um auf Nummer sicher zu gehen. Aber Becker war kein Kind mehr. Und sie nicht sein Kindermädchen.

Eigentlich war sie gekommen, um ihm von einem Ermittlungserfolg zu erzählen. Sie hatte über mehrere Umwege endlich jemanden gefunden, der das alte Märchenbuch verkauft hatte. Sie schaute Becker an. Nein, dachte sie. Diese Information konnte noch warten. Auf einen oder zwei Tage kam es hier sicher nicht an. Becker müsste erst einmal fit werden. Dann schaute sie auf die Uhr. Sie musste los. Sie hatte noch einen Termin.

9

Es war viel zu lange her, dass Janina Funke die Arbeit vergessen hatte. Abschalten. Das klang so einfach. Aber natürlich war es das nicht. Sie wusste ja, dass das eine Berufskrankheit war. Aber es gab bessere und schlechtere Wege, damit umzugehen. In den letzten Monaten hatte sie sich für die schlechteren Wege entschieden. Aber das war jetzt egal. Sie wollte gar nicht über die vergangenen Wochen nachdenken. Nicht heute. Nicht jetzt. Sie wollte einfach nur abschalten. Sie nahm das Glas mit dem hervorragenden Weißwein, das vor ihr stand, hielt es kurz in die Höhe und prostete Franziska zu, die ihr gegenübersaß. Franziska trug ein schwarzes Kostüm, das ihr schmeichelte.

»Es ist schön, dich so zu sehen«, sagte Franziska.

»Betrunken?«

»Nein«, lachte sie. »Du bist doch nicht betrunken. Ich meine …« Sie suchte nach Worten. »Ich meine, so ausgelassen. Die letzten Male, wo wir uns getroffen hatten, wirktest du so, als würde dich etwas belasten.«

Funke lächelte abwehrend und nahm noch einen Schluck von ihrem Wein. »Ist es so offensichtlich, ja?«

»Hör zu, Janina. Wir haben uns viele Jahre nicht mehr gesehen. Ich will dir auf keinen Fall zu nahe treten. Wir müssen nicht darüber reden, es ist nur, dass …«

»Mir geht es gut«, sagte Funke und legte ihren Kopf in den Nacken. »Wirklich. Im Prinzip geht es mir gut.« Sie ließ eine kurze Pause und dachte darüber nach, wie sie es ihrer Freundin erklären konnte.

»Es ist einfach nur die Arbeit.«

»Viel Stress?«

»Das gehört dazu …«

»Macht sie dir keinen Spaß?«

»Doch, sie macht mir sogar wahnsinnig viel Spaß. Die Sache ist …« Funke schaute sich um. Sie wollte sichergehen, dass hier im Restaurant niemand war, den sie kannte. Sie hatte noch nie vorher offen über ihre Gedanken gesprochen. Sie fand, dass sich das nicht gehörte. Aber heute war das anders. Keine Ahnung, wieso. Vielleicht weil Franziska mit ihrer Welt einfach gar nichts zu tun hatte und sie sich deshalb als neutrale Zuhörerin eignete, die ganz vorurteilsfrei die Sache betrachten konnte. Vielleicht war es aber auch nur dieses ganz starke Bedürfnis, all das einmal auszusprechen, was sie belastete.

»Es ist mein Partner.«

»Du hattest ihn schon erwähnt … dieser Bastian Becker, richtig?«

»Funke nickte. »Du musst wissen, Becker ist brillant. Er ist einer der klügsten Ermittler, die ich jemals kennengelernt habe.«

»Was macht einen Ermittler brillant?«, fragte Franziska aufrichtig interessiert und beugte sich ein wenig nach vorn, sodass sie ihre Ellbogen auf dem eingedeckten Tisch ablegte.

»Nun, er sieht Dinge, die andere nicht sehen. Er erkennt Zusammenhänge, die anderen verborgen bleiben. Seine Art zu denken ist sehr besonders.«

»Und, wenn ich das einmal so fragen darf, meine Liebe, läuft da mehr zwischen diesem besonderen Denker und dir?«

Funke lachte auf. »Nein«, sagte sie und schüttelte den Kopf. »Nein, nein, da läuft nichts und da wird auch nie etwas laufen.«

»Warum nicht?«, fragte Franziska schon beinahe enttäuscht. »Du scheinst doch sehr eingenommen von ihm zu sein.«

»Ich liebe Bastian. Wirklich. Aber ich liebe ihn mehr wie einen Bruder. Ich halte große Stücke auf ihn. Aber glaub mir, er ist ein wirklich sehr spezieller Mensch.«

Franziska war sichtlich interessiert, mehr über diesen Mann zu erfahren. Gerade als sie nachfragen wollte, kam der Kellner und brachte den beiden Frauen die Vorspeise. »Guten Abend, die Damen«, sagte er und machte die Andeutung einer leichten Verbeugung, bevor er die großen weißen Teller vor ihnen abstellte.

»Wir beginnen heute Abend mit dem einseitig gebratenen Rindertatar mit Honigsoße und einer Variation der Kartoffel«, sagte er, schaute mit einem geschulten Blick auf die Weingläser seiner Gäste und fragte, ob es denn noch eine Flasche sein dürfte.

»Es kann immer noch eine Flasche mehr sein«, sagte Franziska und lächelte. Der Kellner teilte den Rest des Weins auf beide Gläser auf und verschwand dann wieder im Restaurant.

»Das sieht wirklich toll aus«, sagte Funke und nahm Messer und Gabel in die Hand. »Warst du schon einmal in diesem Laden?«

»Im Relinger Hof? Nun, ich will nicht sagen, dass ich hier Stammgast wäre, aber …«

»… aber du bist hier Stammgast, ich verstehe schon.«

Der Relinger Hof. Funke hatte viel von diesem Restaurant gehört. Es lag in Moabit, einem ziemlich vergessenen Ortsteil von Berlin. Das Restaurant jedoch hatte sich in den letzten Jahren einen solchen Ruf aufgebaut, dass Menschen aus der ganzen Stadt hierherströmten, um die Gerichte auf der Karte auszuprobieren. Es hieß, dass die Köche ziemlich experimentierfreudig wären, was die Zutaten anging. Man verband asiatische mit amerikanischer Küche. Das war genau das, was das Hipster-Publikum in Berlin liebte. Entsprechend schwer war es an einem Samstagabend, noch einen Tisch zu bekommen. Der Laden war komplett überfüllt. Funke schaute sich um. Ihr gefiel es hier. Der Laden befand sich in einer alten, restaurierten Fabrikanlage. Das war typisch Berlin. In keiner anderen Stadt verstand man es so sehr, bestehende Räume neu umzufunktionieren. Dass an diesem Ort einmal Glühbirnen produziert worden waren, war heute kaum noch vorstellbar. Zwar hatte man versucht, ein wenig von dem alten Industrie-Moment zu bewahren, aber die Tische und die Stühle waren ziemlich edel und modern.

»Erzähl mir mehr von diesem Becker. Wie ist er denn so?«

»Bastian ist … ein sehr eigenwilliger Mensch«, sagte Funke und stocherte mit ihrer Gabel in dem Tartar herum, das vor ihr auf dem Teller lag. »Ich habe das Gefühl, er hat zwei Seiten. Zwei sehr außergewöhnliche Seiten. Auf der einen Seite kann er sehr nüchtern und kühl sein. Wenn er einen Tatort besichtigt etwa.« Funke hielt kurz inne und schaute zu Franziska. Sie hatte in den letzten Monaten kaum mit Menschen gesprochen, die nicht mit Polizeiarbeit vertraut waren. Sie musste umdenken. Durfte nicht so viel voraussetzen. Mehr erklären.

»Weißt du«, sagte sie. »Wir werden meistens bei besonders kniffeligen Fällen dazugerufen. Wir müssen Spuren begutachten. Jede Spur, die wir finden, führt uns näher zum Täter. Wie bei einem Puzzle. Alle Spuren zusammen ergeben das ganz große Bild.«

»Ich verstehe.«

»Und Bastian, nun ja, er ist unfassbar gut darin, Spuren zu erkennen, die andere übersehen würden.« Funke überlegte. Suchte nach einem Beispiel. »*Calliphora vomitoria.*«

»Was?«

»Schmeißfliegen. Es gab da einen wirklich interessanten Fall.« Sie rückte ein wenig auf ihrem Stuhl herum. War ganz in ihrem Element. »Also, da war dieser Mann. Er rief bei seiner Versicherungsgesellschaft an und sagte, seine Ehefrau sei verschwunden. Er gehe davon aus, dass sie tot sei. Und er wolle nun die Versicherungssumme ausgezahlt bekommen. Wie lange die Frau denn schon verschwunden sei, fragte der Versicherungsmann. Drei Tage, war die Antwort. Da wurde die Versicherung skeptisch. Nur weil jemand drei Tage verschwunden ist …«

»… heißt das nicht, das er oder sie tot ist.«

»Ganz genau! Also wollte die Versicherung einen Nachweis haben, dass die Frau wirklich tot ist.«

»Und was tat der Mann?«

»Er lieferte ihnen zehn Tage später einen Kopf.«

»Einen Kopf?«

»Den Kopf seiner Frau.«

»Das ist …«

»Speziell, ja. Er sagte, die Leiche sei nicht auffindbar. Nur den Kopf hätte er zufällig an einem Feldweg entdeckt, als er nach seiner

Frau gesucht habe. Das war natürlich höchst verdächtig, und die Polizei wollte nun klären, was es mit diesem merkwürdigen Fall auf sich hatte. Sie brachten den Kopf in die Rechtsmedizin, und dort fand man heraus, dass er erst nach dem Tod der Frau abgetrennt wurde.«

»Höchst verdächtig!«

»Absolut. Aber noch kein Beweis für die Schuld des Mannes. Entscheidend wäre es, zu wissen, wann genau der Kopf abgetrennt wurde – bevor der Mann mit der Versicherung telefoniert hatte oder danach. Das galt es herauszufinden. Also riefen sie uns an. Sie brauchten Leute, die einen klaren Blick auf die Sache hatten.«

»Und? Was habt ihr herausgefunden?«

»Nun, Becker fand Larven einer Schmeißfliege, von *Calliphora vomitoria*. Interessant war, wo er sie gefunden hatte. Nämlich nur in den Schnittwunden am Hals. Das war ungewöhnlich.«

»Warum?«

»Normalerweise würden die Insekten ihre Eier nur in den Augen und in der Nase ablegen. Die Larven waren aber auch in der Schnittwunde. Da wir wussten, dass der Kopf nachträglich abgetrennt wurde, schloss Becker daraus, dass die Leiche zunächst an einem Ort aufbewahrt wurde, wo er für Insekten nicht zugänglich war. Erst nachdem man ihn abgetrennt hatte, wurde er woanders gelagert. Und dann nisteten sich die Insekten ein.« Funke entwickelte eine regelrechte Begeisterung beim Erzählen. Man merkte ihr an, wie sehr sie der Fall noch heute interessierte.

»Wir haben dann die Größe der Maden untersucht und konnten daraus ableiten, wann sie den Kopf besiedelt haben mussten. Und es war ziemlich genau derselbe Zeitpunkt, zu dem der Mann mit der Versicherung telefoniert hatte. Und zack, hatten wir einen Mordverdächtigen.«

Funke hielt inne. Franziska stocherte in ihrem Tartar herum und legte die Gabel mit verkniffenem Mund beiseite.

»Es tut mir leid«, sagte Funke nach einer kurzen Pause. Sie hätte sich vielleicht etwas bremsen sollen. Sie hatte sich so sehr in die Erzählung hineingesteigert, dass sie für einen kurzen Moment vergessen hatte, wo sie eigentlich war. »Ich … es tut mir wirklich leid.«

»Nein«, lächelte Franziska, »schon okay. Wirklich. Ich hatte eh nicht allzu viel Hunger auf die Vorspeise. Bitte, erzähl weiter. Es ist spannend. Nur das Tartar brauche ich heute nicht mehr.«

»Nun, wenn Becker einen Tatort besichtigt, dann ist er komplett in einer eigenen Welt. Während die Funde anderen Kollegen oftmals nahegehen, schaltet Becker seine Gefühle komplett ab. Für ihn sind die Leichen keine menschlichen Schicksale. Für ihn ist ein Tatort nur ein riesiger Spielplatz voller Spuren. Er ist da eiskalt. Das macht ihn so gut. Allerdings frage ich mich manchmal, ob es ihm nicht guttun würde, wenn er ein bisschen mehr Nähe zulassen würde, denn …« Funke überlegte. »Nähe ist ja etwas sehr Menschliches.«

»Es klingt so, als hätte er leicht autistische Züge?«

Funke nickte. »Ja, das trifft schon zu.«

Der Kellner kam und räumte die Teller weg.

»Und die andere Seite?«

»Nun, die andere Seite ist sehr viel leidenschaftlicher. Aber auf eine ungesunde Weise. Becker nimmt die Fälle sehr ernst. Wenn er einen Fall angenommen hat, dann muss er ihn unbedingt lösen. Es ist wie ein Zwang. Er steigert sich so sehr in den Fall hinein, dass ich mir manchmal Sorgen mache, er könnte den Verstand verlieren.«

»Warum tut er das?«

Funke trank ihr Glas aus und stellte es ab. Dann schüttelte sie den Kopf und atmete schwer aus. »Ganz ehrlich, ich weiß es nicht. Bevor er Privatermittler wurde, hat er für die Polizei gearbeitet. Da war dieser eine Fall, es ging um einen Kindermörder. Und die Polizei hatte damals den falschen Mann festgenommen. Becker war von seiner Unschuld überzeugt. Aber seine Vorgesetzten schenkten ihm keinen Glauben.«

Funke schwieg.

»Und dann?«

»Dann wurde ein weiteres Kind ermordet. Becker hatte es gefunden. In einer Waldhütte. Er gibt sich bis heute die Schuld daran. Ich glaube, er hat das nie wirklich verarbeitet.«

»Deswegen ist er aus dem Polizeidienst ausgetreten?«

»Er kam mit den Regeln nicht zurecht. Weißt du, eine Behörde ist am Ende des Tages immer noch eine Behörde. Und Becker ist jemand, der Regeln nur dann akzeptieren kann, wenn er sie auch versteht. Er ist so stur und so gebannt von einem Fall, dass das Verfolgen einer Spur bei ihm über alles geht.«

»Okay, okay«, sagte Franziska und beugte sich vor. »Ich verstehe schon. Dieser Becker scheint ein sehr besonderer Fall zu sein. Er klingt fast wie eine Figur, die mein Bruder sich ausgedacht hat.«

Funke musste lachen. »Wie meinst du das?«

»Ach«, lächelte Funke. »Marcel. Du weißt doch. Er schreibt gerne Geschichten. Zuletzt hat er sich an einem Kriminalroman versucht. Ich habe ihn gelesen. Er war sehr gut. Aber die Figuren, die er entworfen hatte, waren, nun, wie soll ich sagen, etwas hölzern. Sie wirkten so, als würden sie nur für ihre Arbeit leben. Sie hatten keinen Charakter. Kein Eigenleben. Verstehst du? Er hat seinen Text überall eingereicht. Aber kein Erfolg.«

»Ich denke schon«, sagte Funke. »Ich habe ehrlicherweise schon sehr lange keinen Kriminalroman mehr gelesen.«

»Warum solltest du auch?«, feixte Franziska. »Die Wirklichkeit schreibt ja bekanntermaßen die spannendsten Geschichten.«

»Leider ist das so.«

»Jedenfalls erinnert mich Becker an eine der Figuren, die mein Bruder entworfen hat. Ein Mensch, der nur für seine Arbeit lebt.«

»Ja«, sagte Funke. »Das ist Becker.«

»Hat er denn sonst nichts? Keine Hobbys?«

»Dafür hat er keine Zeit. Ich arbeite seit sieben Jahren mit ihm zusammen. Und ich habe kaum über etwas anderes mit ihm gesprochen als über seine Arbeit.«

»Und wo siehst du deine Rolle bei der ganzen Sache?«

»Wie bitte?«

»Deine Rolle? Was ist deine Aufgabe? Es scheint nicht, als wäre Becker ein guter Mannschaftsspieler.«

»Nein, das ist er nicht. Ich denke, dass ich die Person bin, die alles zusammenhält. Und die ihn immer wieder auf den Boden der Tatsachen zurückholt, wenn er zu sehr abhebt.« Funke dachte kurz nach. Überlegte, ob sie die Gedanken, die sie im Kopf hatte, auch in Worte fassen sollte.

»Ich denke, er braucht mich. Becker braucht jemanden, der zwischen seiner Welt und der echten Welt vermittelt. Das ist meine Rolle.«

»Janina, mein Schatz, sei mir nicht böse. Aber das klingt nach einer verdammt beschissenen Rolle.«

Funke verschluckte sich beinahe an ihrem Wein, als ihre Freundin ihr diese Worte entgegenschleuderte. Sie hatte ganz vergessen, wie erbarmungslos offen und ehrlich Franziska sein konnte.

»Du verkaufst dich doch völlig unter Wert. Es wirkt ganz und gar nicht so, als würde dein Chef zu würdigen wissen, was du für ihn tust.«

»Doch«, sagte Funke. »Ich glaube, das tut er schon. Er ist nur nicht in der Lage, das zu zeigen.«

Wieder unterbrach der Kellner das Gespräch der beiden. Er brachte das Hauptgericht.

»Das Lammfilet mit asiatischem Gewürz in Brioche – mit Pommes frites und Ketchup.«

»Vielen Dank«, sagte Funke und bewunderte das kleine Kunstwerk, das ihr da serviert wurde. »Das sieht wirklich großartig aus.«

Der Kellner lächelte, deutete abermals eine Verbeugung an, wünschte seinen beiden Gästen einen guten Appetit und verschwand dann wieder.

»Im Ernst, Janina«, setzte Franziska das Gespräch fort, ohne auch nur annähernd so begeistert von dem Essen zu sein, wie es ihre Freundin war. »Du gehörst zu den klügsten Menschen, die ich kenne. Wieso lässt du dich auf so etwas ein? Du könntest doch so viel mehr erreichen. Eine eigene Kanzlei. Eine gute Anstellung in einer Behörde. Was weiß ich. Wieso dieser Job?«

Funke schnitt sich ein Stück von dem Lamm ab und probierte es. Sie schloss für ein paar Sekunden die Augen. Verdammt, war das gut! Wann hatte sie das letzte Mal so ein gutes Stück Fleisch gegessen? Saftig. Zart. Und dann dieser Geschmack. Funke hatte keine Ahnung, was das für Gewürze waren, aber das war mehr als nur Fleisch. Das war wirklich große Kunst.

Sie schaute zu Franziska, die ihr einen erwartungsvollen Blick zuwarf. Ach ja, da war ja noch was. Die Sache mit dem Job. Hatte sie fast vergessen. Funke nahm die Weinflasche aus dem Kühler und schenkte sich und ihrer Freundin nach.

Wieso dieser Job? Es war ja nicht so, als hätte sie sich diese Frage nicht selber schon gestellt. Das hatte sie. Mehr als nur einmal. Immer wieder spielte sie mit dem Gedanken, einfach zu gehen. Was war es, das sie an Becker festhalten ließ? Vielleicht war es ihr Pflichtgefühl. Sie fühlte sich Becker verbunden. Sie wusste, dass sie ihn nicht allein lassen konnte. Das würde böse ausgehen. Becker war dafür gemacht, Fälle zu lösen. Spuren zu finden. Kluge Rückschlüsse zu ziehen. Doch er war nicht dafür gemacht, allein durch eine Welt zu stolpern, in der man sich an Regeln halten und gesellschaftlichen Verpflichtungen nachkommen musste. Aber das konnte es ja nicht gewesen sein.

»Weißt du, Schatz, alles, was du mir über Becker erzählst, erinnert mich irgendwie an deinen Vater.«

»Bitte«, sagte Funke. »Nicht dieses Thema.«

Franziska hob entschuldigend die Hände.

Mein Vater, dachte Funke. Nein, das würde ihr jetzt völlig den Abend versauen. »Wer von uns beiden ist eigentlich die Psychologin?«, fragte sie ihre Freundin halb im Scherz.

»Es tut mir leid«, wehrte Franziska nochmals ab. »Ich dachte, es würde dir vielleicht guttun …« Sie unterbrach sich, als eine Gruppe neuer Gäste das Restaurant betrat und an ihnen vorbei zu ihrem Tisch geführt wurde. Es waren junge Männer und Frauen, die sich ordentlich zurechtgemacht hatten. Eine der Frauen schien Franziska zu kennen, sie nickten sich freundlich zu. »… ich dachte, dir würde es vielleicht guttun«, nahm sie das Gespräch wieder auf, als die Gruppe außer Hörweite war, und beugte sich ein Stück zu Funke vor, »darüber einmal zu reden. Ich weiß ja, wie du bist. Oder zumindest, wie du früher warst. Du hast immer alles in dich reingefressen.«

Funke atmete schwer durch. Franziska hatte ja recht. Natürlich tat es ihr auch gut, endlich einmal mit jemandem offen zu sprechen. Den ganzen Frust und Ärger hatte sie die ganzen letzten Monate nur mit sich selbst ausgemacht. Sie wusste eigentlich, dass das nicht gesund war. Auf der anderen Seite hatte sie auch ein schlechtes Gewissen. Jetzt hatte sie den halben Abend wieder über ihre Arbeit gesprochen. Das wollte sie doch vermeiden. Sie spießte noch ein Stück von dem Lamm auf ihre Gabel.

»Dieses Fleisch«, sagte sie. »Das ist wirklich fantastisch. Ich habe selten so etwas Gutes gegessen.«

»Die Kunst sind die Gewürze«, sagte Franziska. »Der Chef hier hat eine ganz spannende Idee gehabt. Er nimmt asiatische Gewürze, die für uns sehr fremdartig sind, und verbindet sie mit der geschmacksstarken amerikanischen Küche.«

»Ich wusste nicht einmal, dass es so etwas wie eine amerikanische Küche gibt.«

Franziska zuckte mit den Schultern und zeigte auf die Pommes frites.

Funke nickte. Sie hatte verstanden.

»Was hältst du davon«, fragte Funke und schob ihren Teller ein wenig von sich weg, »wenn wir jetzt nur noch über die schönen Dinge im Leben sprechen?«

»Ich hatte gehofft, dass du mir ein wenig von deinen Fällen berichtest, die du so löst.«

Funke nahm einen Schluck Wein und lächelte. Sie wollte den Gedanken an ihren aktuellen Fall gar nicht erst zulassen. Das wäre jetzt beim Essen sicher nicht die klügste Idee, wenn Franziska schon bei ein paar Maden die Lust auf ihre Vorspeise verging.

Der Kellner kam und brachte den Nachtisch. Eine Schokoladencreme für Funke und eine kleine Obstschale für Franziska. Noch immer achtete sie auf ihre Figur, auch wenn sie das niemals zugeben würde.

»Genug von mir«, sagte Funke. »Wirklich. Es hat gutgetan. Aber es reicht für heute auch. Ich will wenigstens den Rest des Abends ohne den Gedanken an die Arbeit verbringen.«

»Gut, dann bringe ich dich auf andere Gedanken«, sagte Franziska und schaute ihrer Freundin in die Augen. »Du wolltest über die schönen Dinge sprechen, dann lass uns doch über Sebastian reden.«

»Ach, diese Geschichte, die hatten wir doch neulich erst …«

Funke erinnerte sich an die Begegnung in dem Buchladen. Wieso wollte Franziska das wieder zur Sprache bringen? Das war doch wirklich eine uralte Geschichte.

»Weißt du«, sagte Franziska. »Eigentlich war ich damals gar nicht in ihn verliebt.« Sie schaute ihre Freundin an. Etwas zu lange und zu eindringlich, als dass Funke nicht erahnen konnte, was Franziska in diesem Moment dachte.

»Es war«, fuhr sie fort, »ein wirklich besonderer Abend.«

Funke fing an, sich zu erinnern. Die Feier. Die Jungs. Der schlechte Punsch und das warme Bier. Die Musik. Und irgendwann, da saß sie mit Franziska draußen im Garten auf einer Schaukel. Sie waren allein. Es war ein warmer Sommerabend. Und noch heute hatte Funke den Duft des Parfums ihrer Freundin in der Nase, das sie an diesem Abend getragen hatte. Sie wusste gar nicht mehr, warum sie in den Garten gegangen waren. Vielleicht weil die Party fürchterlich langweilig war. Vielleicht aber auch, weil sich die beiden schon immer besser untereinander als mit sonst irgendwem verstanden. Egal unter wie vielen Menschen sie waren, eigentlich waren sie sich immer selbst genug. Doch an diesem Abend war etwas anders. Und Funke wusste bis heute nicht, was es war. Diese ganz besondere Stimmung? Der Alkohol? Die Situation an sich? Sie hatten sich hübsch gemacht und auf eine Oberstufenparty geschmuggelt. Aber vielleicht war es auch einfach das Alter und die Zeit und diese ganz besondere Freundschaft, die sie verband, was den Reiz dieses Abends ausmachte. Was dafür sorgte, dass sie sich näherkamen.

»Dieser Kuss«, riss Franziska ihre Freundin aus den Gedanken. »Wir haben niemals wieder darüber gesprochen.«

Funke spürte, wie sie rot wurde. Es war ihr unangenehm. Aber warum eigentlich? Weil sie anders erzogen war? Nein, das war es nicht. Funke war schon immer sehr freiheitlich eingestellt. Nein, dieser Kuss hatte ihr Angst gemacht. Angst, eine ganz besondere Freundschaft zu zerstören. Sie hatten sich hinreißen lassen. Und vielleicht hatte der Kuss ihr mehr bedeutet, als sie zugeben wollte.

»Ich …«, fing sie an, nach einer Erklärung zu suchen. »Ich glaube, ich wollte einfach … nichts kaputtmachen zwischen uns. Verstehst du?«

»Du bist mir danach immer ausgewichen. Nie haben wir darüber gesprochen.«

»Das war vielleicht falsch«, sagte Funke und nahm all ihren Mut zusammen, um nach der Hand ihrer Freundin zu greifen. Franziska ließ es geschehen. Die beiden schauten sich in die Augen.

»Was hältst du davon«, fragte Franziska, »wenn wir zu mir fahren und noch einen Kaffee trinken? Wir haben womöglich mehr zu besprechen, als wir beide erwartet hätten.«

Funke lächelte. »Ja«, sagte sie. Sie ließ eine kurze Pause. »Ich fände das sehr schön.«

Franziska winkte den Kellner heran und gab ihm ein Zeichen, dass sie gerne zahlen würde.

»Nein«, sagte Funke. »Lass mich das machen.« Sie zog sich ihre Handtasche auf ihren Schoß und kramte nach ihrer Geldbörse, da sah sie, dass ihr Mobiltelefon aufleuchtete. Sie zog es heraus und schaute auf den Bildschirm.

»Alles in Ordnung?«, fragte Franziska. Funke schüttelte den Kopf. »Irgendwas stimmt nicht«, sagte sie. Sie hatte zwölf Anrufe in Abwesenheit. Alle von Becker.

Und eine SMS.

Sie öffnete die Nachricht. »Melde dich bitte bei mir. Dringend! Ich treffe heute Abend Chefkoch! Brauche dich!«

Funke ließ das Mobiltelefon sinken und schaute zu ihrer Freundin.

»Was?«, fragte sie. »Was ist los?«

»Nun ...«

»Becker?«

»Ich muss einmal kurz telefonieren. Ich bin gleich wieder bei dir.«

10

Es war dunkel. Die Sonne war schon vor einer guten Stunde untergegangen und die Straßenlaternen spendeten nur wenig Licht. Becker zog seine kleine Taschenlampe aus dem Rucksack und leuchtete vor sich auf den Boden. Er schaute auf die Uhr. Verdammt, wo blieb sie nur?

Aufgeregt lief er vor dem vereinbarten Treffpunkt auf und ab, steckte sich eine Zigarette in den Mund, überlegte kurz, ob es so klug wäre, trotz seines Fiebers jetzt zu rauchen, wischte den Gedanken aber schnell wieder beiseite und zündete sie sich an. Scheiß drauf. Spielte jetzt auch keine Rolle mehr. Becker nahm einen tiefen Zug, legte seinen Kopf in den Nacken und beobachtete, wie der Rauch, den er auspustete, langsam in dem aufziehenden Nebel verschwand. Das Wetter passte zu seiner Verfassung. Es ging ihm zwar schon wieder ein wenig besser, aber so richtig gesund war er noch immer nicht. Becker fiel es schwer, einen klaren Gedanken zu fassen. Immer wieder schweifte er ab. Vielleicht lag es an den Medikamenten. Um das hier durchzustehen, hatte er sich ein paar Tabletten eingeworfen. Ein paar. Nette Untertreibung. Aber bevor Becker sich weitere Gedanken darüber machen konnte, sah er schon ein Taxi heranfahren. Funke stieg aus.

Na endlich, dachte Becker, während sie den Fahrer noch bezahlte. Warum hatte sie denn so lange gebraucht?

»Bastian, ich hoffe, dir ist bewusst, dass du mir gerade einen ganz besonderen Abend zerstört hast …«

»Ist das dein Ernst, Janina? Wir treffen hier gleich einen Kannibalen. Was für eine Abendplanung könnte *das* denn bitte schön schlagen?«

Funke seufzte. Sie war sich nicht sicher, ob Becker das ernst meinte. Im Zweifel tat er das. Es hatte keinen Sinn.

»Du siehst immer noch schlecht aus, Bastian. Bist du dir sicher, dass du …?«

»Mir geht's gut«, wiegelte Becker ab und nahm noch einen Zug von seiner Zigarette.

Funke musterte ihren Partner. »Gut? Das ist eine wirkliche Untertreibung. Du siehst fürchterlich aus.« Funke wollte weitersprechen, aber sie wusste wohl, dass es gerade keinen großen Sinn hatte, mit ihm zu diskutieren. »Also«, fragte sie. »Was machen wir hier?«

Becker schaute auf die Uhr. »In einer halben Stunde werde ich Chefkoch treffen. Den Kerl aus dem Forum.«

»Er hat tatsächlich einem Treffen zugestimmt?«

»Ja«, sagte Becker nicht ganz ohne Stolz in der Stimme.

»Wie hast du ihn dazu bekommen?« Becker zuckte mit den Schultern. Das wollte er ihr jetzt nicht so ausführlich erklären. Funke hätte es eh nicht verstanden. Er war vielleicht ein bisschen zu weit gegangen, um sich das Vertrauen seines Gegenübers zu erschleichen, aber das spielte keine Rolle. Wichtig war nur, dass er jetzt hier war. Und Chefkoch endlich treffen würde.

»Also gut«, sagte Funke, die schon merkte, dass sie gerade keine weiteren Informationen bekommen würde und einfach mit der Situation klarkommen musste. »Was ist der Plan?«

»Ehrlich gesagt«, gestand Becker. »Ich habe keinen.«

»Bastian …«

»Lass uns ein Stückchen gehen«, sagte Becker, und die beiden entfernten sich von der Straße und liefen über die ausgetretenen Pfade immer tiefer in den Park. Der Berliner Tiergarten war riesig. Und Becker hatte bewusst das andere Ende des Parks gewählt, um sich mit Funke zu treffen. Er sprach nun etwas leiser. »Ich werde diesen Typen hier treffen, ich will herausfinden, wer er ist.«

»Und dann?«

»Und dann? Dann haben wir endlich ein Gesicht zu dem Kerl, der sich im Internet hinter einem Decknamen versteckt.«

»Du glaubst immer noch, dass er der Täter ist?«

»Ich glaube es mehr als je zuvor.«

»Bastian«, sagte Funke und atmete schwer aus. »Ich weiß, dass ich dir das schon ein paar Mal gesagt habe. Das, was wir hier machen, ist irre. Und es wird immer schlimmer. Ich meine das ernst. Wir drehen uns doch im Kreis. Wir haben noch nicht einmal eine Tat nachgewiesen. Und du glaubst schon, den Täter zu haben.«

Becker konnte es nicht mehr hören. Wie oft hatte man ihm das jetzt schon gesagt? Es war ja nicht so, dass er das nicht selber wusste. Er blieb stehen und drehte sich zu Funke. Dann fasste er sie an beiden Armen. »Okay«, sagte er in ruhigem Ton. »Angenommen, es ist so, wie du sagst. Angenommen, es gibt gar keinen Fall. Es gibt gar keinen Mord. Es gibt gar keinen Kannibalen. Dann treffen wir uns hier halt einfach mit irgendeinem Kerl aus dem Internet. Auch das würde uns weiterbringen. Wir würden verstehen, wie die Leute aus dieser Szene so ticken. Wie sie drauf sind. Wie sie im echten Leben sind. Es ist also egal, was passiert. Wir können heute Nacht nur gewinnen.«

Funke gab auf. Es hatte keinen Sinn. Sie wusste ja, wie Becker war. Wenn er sich einmal etwas in den Kopf gesetzt hatte, dann konnte man ihn nicht mehr davon abbringen. »Was genau hast du dir vorgestellt?«

»Ich werde den Typen in einer halben Stunde treffen. Am anderen Ende des Parks.« Er drückte seiner Partnerin einen Funkkopfhörer in die Hand und öffnete drei Knöpfe seines Hemdes. Seine Brust war verkabelt. »Ich will, dass du alles mithörst und aufzeichnest, und außerdem …« Becker hielt inne und zog seinen Rucksack von der Schulter. Er kramte ein wenig darin herum und zog ein Nachtsichtgerät mit Fotofunktion heraus. »… und außerdem will ich, dass du alles im Blick behältst. Aus einem gewissen Abstand. Er darf dich auf keinen Fall sehen, okay?«

Funke nickte. Sie hatte schon einige Überwachungen hinter sich. Das fiel ihr nicht schwer. »Gut«, sagte sie. »Ich werde dich im Blick haben. Aber was ist, wenn er nicht kommen wird?«

»Er *wird* kommen.«

»Was macht dich so sicher?«

Becker schaute seiner Partnerin lange in die Augen. An seinem Blick erkannte sie, dass er keine Antwort auf diese Frage hatte. »Er muss einfach kommen«, sagte Becker schließlich in leichtem Flüsterton. Es klang etwas verzweifelt.

»Also gut, viel Glück.«

Becker machte sich auf den Weg. Er kannte sich auf dem Gelände einigermaßen gut aus. Damals war er oft hier gewesen. Das war die Zeit, als er gerade nach Berlin gezogen war. Keine einfache Zeit. Er hatte gerade seinen Job gekündigt und sein gesamtes Leben hinter sich gelassen. Er hatte alles auf null gestellt. Einfach komplett neu angefangen. Warum hatte er sich damals für Berlin entschieden? Er wusste es nicht. Es war einfach so ein Gefühl. Er war zuvor nur selten in der Hauptstadt gewesen. Einmal auf Klassenfahrt. Hin- und wieder beruflich. Aber eigentlich hatte er nur gute Erinnerungen an die Stadt gehabt. Vielleicht, dachte Becker, vielleicht hatte er diese Entscheidung damals getroffen, gerade weil er mit dieser Stadt nichts zu schaffen hatte. Weil er den größtmöglichen Abstand suchte. Weil er alle Verbindungen zu seiner Vergangenheit kappen wollte. Er schaute auf die Uhr. Es war noch Zeit. Eine Viertelstunde. Er wollte ein wenig früher an dem vereinbarten Treffpunkt sein, um sich ein Bild von der Lage zu machen. Aber er wollte auch nicht *zu* früh kommen. Das würde verdächtig wirken. Becker lief an dem kleinen Rosengarten vorbei. Er leuchtete mit seiner Taschenlampe in die Anlage. Der Springbrunnen war abgeschaltet. Die Rosenbeete hatten ihre Blüte schon hinter sich. Plötzlich verspürte Becker einen Schauer. Eine Kälte zog auf. Er sah, wie sich kleine weiße Flocken auf seiner schwarzen Jacke niederlegten und dann sofort wieder verschwanden. Wie ungewöhnlich, dachte Becker. Es war noch viel zu früh im Jahr für den ersten Schnee. Er legte den Kopf in den Nacken und sah, wie immer mehr kleine Flocken vom Himmel niederregneten. Es war kein dicker, kein fester Schnee. Es waren feine Flöckchen, die sich sofort wieder auflösten, wenn sie den Boden berührten. Becker ging weiter, lief an einer flackernden Laterne vorbei, als er kurzerhand innehielt.

War da etwas? Becker blieb stehen. Schaute sich um. Irgendetwas hatte sich bewegt. Und dann wieder. Becker hörte ein Rascheln. Er konnte nicht genau erkennen, wo es herkam. Er drehte sich einmal um seine eigene Achse und leuchtete mit seiner Taschenlampe in die nahe liegenden Büsche.

»Hallo?«, rief er. »Ist da jemand?«

Keine Antwort.

»Bastian?«, hörte er die Stimme von Funke in seinem Ohr. »Ist alles in Ordnung?«

»Ich glaube, hier ist jemand …«, sagte er leise.

Becker leuchtete mit seiner Taschenlampe die Gegend ab.

Hatte er sich das eingebildet? Becker wusste, dass er noch immer nicht gesund war. Vielleicht war es das Fieber, das ihm wieder zusetzte.

»Hallo?«, rief Becker noch einmal. War das Chefkoch? Warum kam er nicht raus, um sich zu zeigen?

»Bastian, ich sehe hier niemanden«, sagte Funke. Aber das beruhigte Becker nicht. Janina war zu weit weg. Und die Gegend hier war viel zu verwachsen, als dass sie alles im Blick behalten konnte. Und …

Ein Schatten.

Becker spürte, wie sich sein Puls beschleunigte. Plötzlich stiegen wieder die Bilder seines Traumes auf. Fürchterliche Bilder. Männer in Gasmasken. Ein Schlächter. Er hatte sie immer eindringlicher vor Augen.

Becker konnte nicht mehr unterscheiden zwischen Traum und Wirklichkeit.

Nein, da war nichts. Becker ging weiter. Er musste zu dem vereinbarten Treffpunkt kommen. Er lief durch den dunklen Park und leuchtete sich mit der Taschenlampe den Weg. Ihm ging es nicht gut. Von einem Moment auf den nächsten packte ihn ein ungewöhnlich starker Schüttelfrost. Vielleicht hatte er sich überschätzt. Vielleicht war er einfach noch nicht so weit. Er fühlte sich wirklich elend. Aber abbrechen konnte er nicht.

Und dann spürte er eine Hand auf seiner Schulter. Becker schreckte hoch und drehte sich um. Sein Herz raste.

Scheiße! Hinter ihm stand ein Mann, der sich eine Kapuze über den Kopf gezogen hatte. Becker konnte ihn nicht erkennen. Er sah nur, dass er klein und schmächtig war. Er riss die Augen auf und spürte, wie Angst sich in ihm ausbreitete und ihn für einen kurzen Moment lähmte. Es war, als vermengten sich die Traumbilder mit der Wirklichkeit und er könnte nicht mehr unterscheiden, in welcher Welt er war. Immer wieder blitzten die Erinnerungen an die menschlichen Schweine auf, die er gesehen hatte. Das war echt. Das gab es wirklich. Das war kein Horrorfilm. Er dachte an den Schlächter, den Mann mit dem Hackebeil und …

»Bruder …«, hörte er die Stimme von dem Mann, der vor ihm stand und nun seine Kapuze vom Kopf zog. Es war ein junger Typ, vielleicht Anfang zwanzig, mit roten, glasigen Augen. »Willst du … was kaufen? Pillen? Koks?«

Scheiße!, dachte Becker und atmete durch. Das war nicht Chefkoch. Das war einfach nur ein Drogenverkäufer. Er schaute den Mann an und schüttelte den Kopf. »Nein, nein, alles gut, danke.«

Kein Wunder, dass der Typ ihn angesprochen hatte. Becker sah aus wie ein Drogenwrack. Und so fühlte er sich auch.

»Ganz sicher?«, fragte der Verkäufer noch einmal nach. »Du siehst wirklich aus, als würdest du was brauchen. Ich habe auch … härtere Sachen.«

Becker schüttelte den Kopf und vertrieb den Kerl. Er war viel zu angespannt. Das war nicht gut. Er musste runterkommen. Er musste wieder funktionieren. Er war nicht mehr Herr seiner Sinne. Das war gefährlich. Besonders in einer solchen Situation.

»Bastian, ist alles okay?«

»Das war niemand«, sagte er zu seiner Partnerin über Funk. »Ich gehe jetzt zum vereinbarten Treffpunkt.«

Becker und Chefkoch hatten sich an einem eher abgelegenen Zugang zum Park verabredet. Hier war normalerweise nichts los. Als

Becker den Ort erreichte, leuchtete er mit seiner Taschenlampe herum. Nichts. Noch war niemand da. Eigentlich gab es hier Straßenlaternen. Aber aus irgendeinem Grund waren sie nicht in Betrieb. Becker lief ein wenig unruhig umher. Wieder hatte er tausend Gedanken in seinem Kopf. Wie würde Chefkoch wohl aussehen? Wer verbarg sich nur hinter dieser Internet-Figur? Er schaute in den Himmel. Es fiel nun kein Schnee mehr. Immer wieder drehte Becker kleine Runden im Kreis. Aber nichts passierte. Niemand kam. Ungeduldig schaute er auf die Uhr. Hatte Chefkoch ihn reingelegt? Das glaubte er nicht. Warum sollte er das tun? Das würde keinen Sinn ergeben. Aber vielleicht hatte er kalte Füße bekommen, das war schon eher denkbar. Er war sowieso recht sprunghaft. Nicht auszuschließen, dass er im letzten Moment doch noch einen Rückzieher machte. Die Zeit verstrich.

Becker setzte sich auf eine der Parkbänke. Er konnte nicht mehr. Das Fieber schüttelte ihn. Aber er wollte noch nicht aufgeben. Er konnte sich das nicht erlauben. Was, wenn er diese eine Gelegenheit nicht nutzen würde? Wenn er es verbockte, würde Chefkoch sich vielleicht morgen schon ein neues Opfer suchen. Das konnte er nicht verantworten. Er musste sich zusammenreißen. Musste stark sein. Es ging hier um Menschenleben. Nicht um eine beschissene Grippe.

Becker schaute auf die Uhr. Chefkoch war seit fünf Minuten überfällig. Aber er würde kommen. Das hatte er gesagt. Es begann zu regnen. Erst spürte Becker nur einige Tropfen auf seiner Haut, dann wurde der Regen stärker. Er hörte ein lautes Donnergrollen. Die Erde weichte langsam auf und verwandelte sich in feuchten Matsch, der an seinen Schuhen vorbeifloss. Becker hörte das Kreischen der Vögel. Dann hörte er Sirenen.

Halte durch, gleich kommt jemand.

Die Sirenen kamen näher. Es konnte nicht mehr lange dauern. Sie waren fast da. Endlich. Becker spürte, wie eine Träne über sein Gesicht lief. *Halt durch, bitte halt durch ...*

Er schaute auf. Und plötzlich, da war unter seinen Füßen keine aufgeweichte Erde mehr, sondern der harte Holzboden, auf dem er sich seine Knie blutig geschürft hatte. Becker war nicht mehr im Tiergarten. Er war im Wohnzimmer seines Elternhauses. Er war kein erwachsener Mann mehr. Er war wieder ein junges Kind. Acht Jahre alt. Und er hielt den Kopf seines Vaters in beiden Händen und redete ihm gut zu. »Bitte, Papa, bitte schlaf nicht ein. Bitte halte durch. Es ist doch nicht mehr lange.« Dann wieder das Geheul der Sirenen. Sie waren nun ganz laut. Sie mussten ganz in der Nähe sein. Vielleicht schon direkt vor dem Haus. Es klingelte. Einmal. Zweimal. »Da sind sie, Papa, ich muss die Tür aufmachen. Halt durch, ja? Schlaf nicht ein. Bleib einfach wach. Gleich ist Hilfe da.« Becker legte den Kopf seines Vaters vorsichtig auf den Holzboden, sprang auf, rannte zur Tür und ließ die Notfallsanitäter rein. In ihren weißen Jacken erschienen sie ihm wie von Gott gesandte Engel. Wie lange hatten sie gebraucht, um zu kommen? Es werden wohl nur einige Minuten gewesen sein. Aber er konnte es nicht mehr mit Gewissheit sagen. Die Zeit hatte in seinem Kopf ausgesetzt. Sie hatte keine Bedeutung mehr. Becker zeigte mit dem Finger in das Wohnzimmer, wo sein Vater lag. Die beiden Männer liefen an ihm vorbei, und er verlor das Bewusstsein. Einfach so. Da war nur noch Schwarz. Als er wieder wach wurde, lag er im Wagen vom Notdienst. »Mach uns keine Sorgen, Kleiner«, sagte einer der Sanitäter und hielt ihm eine Hand auf die Stirn. »Was ist passiert, wo ist mein Papa?«

Becker versuchte sich aufzusetzen, aber der Sanitäter drückte seinen kleinen Körper wieder auf die Bahre. »Ruh dich aus, er ist direkt hier, neben dir. Wir versorgen ihn.« Becker versuchte einen Blick auf seinen Vater zu werfen, aber von seiner Position aus konnte er nichts sehen. Nur Kabel.

»Geht es ihm gut?«

»Er hatte einen Schlaganfall«, sagte der Sanitäter, und Becker war dankbar, dass er nicht wie ein kleines Kind behandelt wurde. »Es war gut, dass du uns direkt gerufen hast. Wie hast du ihn gefunden?«

»Ich … ich kam aus der Schule und …«

»Okay, gut«, sagte der Sanitäter. »Leg dich jetzt wieder hin, wir kümmern uns um alles. Du stehst wahrscheinlich unter Schock.«

Becker schaute sich in dem Wagen um. Die vielen Instrumente überforderten ihn. Er spürte, wie sein Atem sich beschleunigte. Am liebsten hätte er geweint, aber er konnte nicht. Es war einfach zu viel. Viel zu viel.

Becker öffnete die Augen. Er spürte den Regen auf seiner Haut. Er war mittlerweile komplett durchnässt. Er wollte gar nicht darüber nachdenken, wie es ihm morgen gehen würde. Er bewegte seine Füße ein wenig, die mittlerweile tief im Matsch eingesunken waren. Der Regen wurde immer heftiger, und es begann jetzt auch noch zu blitzen.

»Bastian, hörst du mich?« Er hatte Funke im Ohr. »Lass uns abbrechen. Dein Mann kommt nicht mehr.«

Becker schaute auf die Uhr. Es war zwanzig nach. Nein, er wollte noch nicht abbrechen. Vielleicht war das ein Test. Vielleicht beobachtete Chefkoch ihn. Vielleicht wollte er herausfinden, wie lange er bereit war zu warten. Er würde kommen. Er war sich sicher. »Bastian, du verrennst dich da …«

»Wir warten!«, beharrte er leise. Für einen kurzen Moment dachte er darüber nach, sich eine Zigarette anzuzünden. Aber der Regen ließ das nicht zu. Was hätte er jetzt für einen Schluck Whiskey gegeben! Becker stützte seine Ellbogen auf seinen Knien ab und vergrub seinen Kopf in den Händen. Und versetzte sich wieder zurück in seine Kindheit.

Er dachte daran, wie er das Zimmer betrat. Wie er den Mann sah, der nicht mehr sein Vater war. Er wusste noch genau, was er fühlte, als er ihn so daliegen sah. Etwas, das er bis heute nicht in Worte fassen konnte.

Von diesem Tag an wurde das Krankenhaus zu Beckers zweitem Zuhause. Jeden Tag nach der Schule stieg er in den Bus und fuhr zu seinem Vater. Meist nur, um bei ihm zu sitzen und ihm die Hand zu halten. Sprechen war für seinen Vater nicht mehr möglich. Aber zuhören konnte er noch. Und so erzählte Becker. Von der Schule. Von seinen Ideen. Von seinen Wünschen und Hoffnungen. Antworten bekam er keine. Nur manchmal, da drückte sein Vater seine Hand ein wenig fester als sonst, und Becker wertete das als ein Zeichen von Zustimmung. Becker wusste nicht, ob die Dinge, die er sagte, seinen Vater wirklich erreichten. Aber er hoffte es. Und er fand, dass sein Papa ein Recht hatte zu erfahren, was in der Welt da draußen so passierte, während er hier drinnen gefangen war. In seinem Zimmer. In seinem Körper.

Aber es gab auch Dinge, die Becker seinem Vater nicht erzählte. Er streifte oft allein durch das Krankenhaus und machte sich Gedanken. Bevor diese Sache passiert war, hatte er eine andere Vorstellung von einem Krankenhaus gehabt. Er dachte immer, dass hier alles ganz schnell und hektisch vonstattenging. Aber so war es nicht. So war es nur auf der Notaufnahme. Hier, im normalen Teil des Krankenhauses, hatte man ein ganz eigentümliches Verhältnis zur Zeit. Auf der einen Seite waren da die Patienten. Viele von ihnen wussten, dass ihnen die Zeit davonlief. Dass sie sterben würden. Sie hatten schwere Diagnosen. Krebs. Tumore. Lungen- oder Gehirnkrankheiten. Sie warteten auf Operationen, die für ihr Leben, ihr Überleben entscheidend waren. Das Personal hingegen erweckte nicht den Eindruck, dass hier irgendwas dringend wäre. Die Ärzte kamen morgens zu ihrem Dienst, arbeiteten ab, was auf dem Programm stand, und gingen nachmittags wieder nach Hause. Becker bekam das nicht zusammen, diese unterschiedlichen Geschwindigkeiten, die hier vorherrschten. Vielleicht weil er in letzter Zeit viel über die Zeit nachdachte. »Du hast deinem Vater das Leben gerettet«, hatte ein Arzt zu ihm gesagt. »Wäre er nur eine Stunde später eingeliefert worden, dann wäre er jetzt nicht mehr am Leben.« Aber auf der anderen Seite hatte der Arzt ihm auch bestätigt, dass sein Vater noch ganz der Alte gewesen wäre, wenn man ihn früher gefunden hätte. So aber wurde sein Gehirn durch den Mangel an Sauerstoff derart schwer geschädigt, dass er für immer ein anderer sein würde.

»Bastian«, riss ihn die Stimme von Funke wieder aus den Gedanken. »Lass uns abbrechen. Es ist eine Stunde vergangen. Er wird nicht mehr kommen.«

Becker spürte seinen Körper mittlerweile nicht mehr. Der Regen hatte etwas nachgelassen, aber alles klebte an ihm. Er spürte, wie seine Lunge brannte. Das Atmen fiel im schwer. Er starrte in den Park, aber er konnte nichts erkennen. Da war nur Dunkelheit. Eine unendliche Dunkelheit, die alles auffraß. »Ich werde noch warten«, sagte er und zog sich den Knopf aus dem Ohr. Sollte Funke ruhig nach Hause fahren. Es war ihm egal. Er würde hier die Stellung halten. Er konnte nicht aufgeben. Nicht jetzt. Nicht, so kurz bevor er sein Ziel erreicht hatte. Er spürte, wie schwach sein Körper war. Am liebsten hätte er einfach nur die Augen geschlossen und ein wenig geschlafen. Aber er zwang sich, wach zu bleiben.

Plötzlich spürte er eine Hand auf seiner Schulter. Becker erschrak und fuhr auf. Aber die Hand drückte ihn sanft wieder auf die Parkbank zurück. Funke setzte sich neben ihn. »Bastian«, sagte sie beinahe zärtlich. »Du musst loslassen. Wirklich.«

Becker schluckte. Er konnte seiner Partnerin nicht ins Gesicht schauen. »Er wird nicht kommen«, sagte Funke in ruhigem Ton. »Das war die falsche Spur. Du musst es einsehen, wirklich. Wir kommen sonst nicht weiter.«

Becker nickte. Er wusste ja, dass sie recht hatte. Verdammt! Warum klammerte er sich nur so an diesen Chefkoch? Vielleicht weil er die einzige Spur war, die er hatte. Der einzige Strohhalm. Und der brach ihm jetzt weg. Ohne Chefkoch hatte er gar nichts. Es fiel ihm schwer, das hinzunehmen. Aber Funke hatte recht. Es half ja nichts. Er musste die Wahrheit akzeptieren.

»Bastian, vielleicht haben wir noch eine andere Spur …«

Becker schaute zu seiner Partnerin. »Eine andere Spur?«

»Du erinnerst dich doch an das Buch, das gefunden wurde …«

»Natürlich.«

»Es handelt sich um eine sehr seltene Ausgabe, die kaum noch irgendwo zu haben ist. Nun, ich habe mich mal ein bisschen umgehört und bei ein paar Antiquariaten hier in Berlin und Umgebung angeklopft und …«

»… und?«

»Und es wurde tatsächlich erst vor zwei Monaten eine Ausgabe verkauft. Was extrem selten vorkommt.«

»Hast du die …«

»Ja, Bastian. Ich habe die Adresse.«

Becker sprang von der Parkbank auf. »Wieso sagst du mir das erst jetzt? Lass uns sofort dahin fahren!«

Funke blieb ruhig sitzen. »Nein, Bastian. Du hast dich verrannt in dieser Sache. Das heute, das war … nicht gut. Das Buch ist *meine* Spur, darum werde ich hier die Regeln bestimmen.«

Trotzig ließ Becker sich wieder auf die Bank fallen und verschränkte die Arme vor der Brust. Es musste schon ein irrer Anblick sein, dachte er, wie er hier mitten in der Nacht völlig durchnässt mit seiner Partnerin auf einer Parkbank irgendwo im Tiergarten saß und sich über das weitere Vorgehen in einem Kannibalen-Fall stritt. Wenn das alles nicht so tragisch wäre, hätte er vielleicht sogar darüber lachen können.

»Du wirst dich mindestens bis morgen ausruhen, danach werden wir gemeinsam der Spur nachgehen …«

»Janina, lass uns sofort …«

»Bastian. Morgen. Du hilfst niemandem, wenn du bei den Ermittlungen selber draufgehst. Herrgott, schau dich doch an. Wahrscheinlich hast du dir heute auch noch eine Lungenentzündung eingefangen.«

Becker dachte wieder an das Krankenhaus. An die zwei Geschwindigkeiten. Er hatte sich damals gewundert, dass in einem Krankenhaus das Personal nicht ständig in Alarmbereitschaft war. Aber wenn es das gewesen wäre, dann wäre wahrscheinlich das ganze System zusammengebrochen. Irgendwie schien das ja zu funktionieren mit den zwei Geschwindigkeiten. Er schaute zu seiner Partnerin rüber und nickte.

»Ich bin einverstanden«, sagte er. Und freute sich insgeheim, dass doch noch nicht alles verloren war.

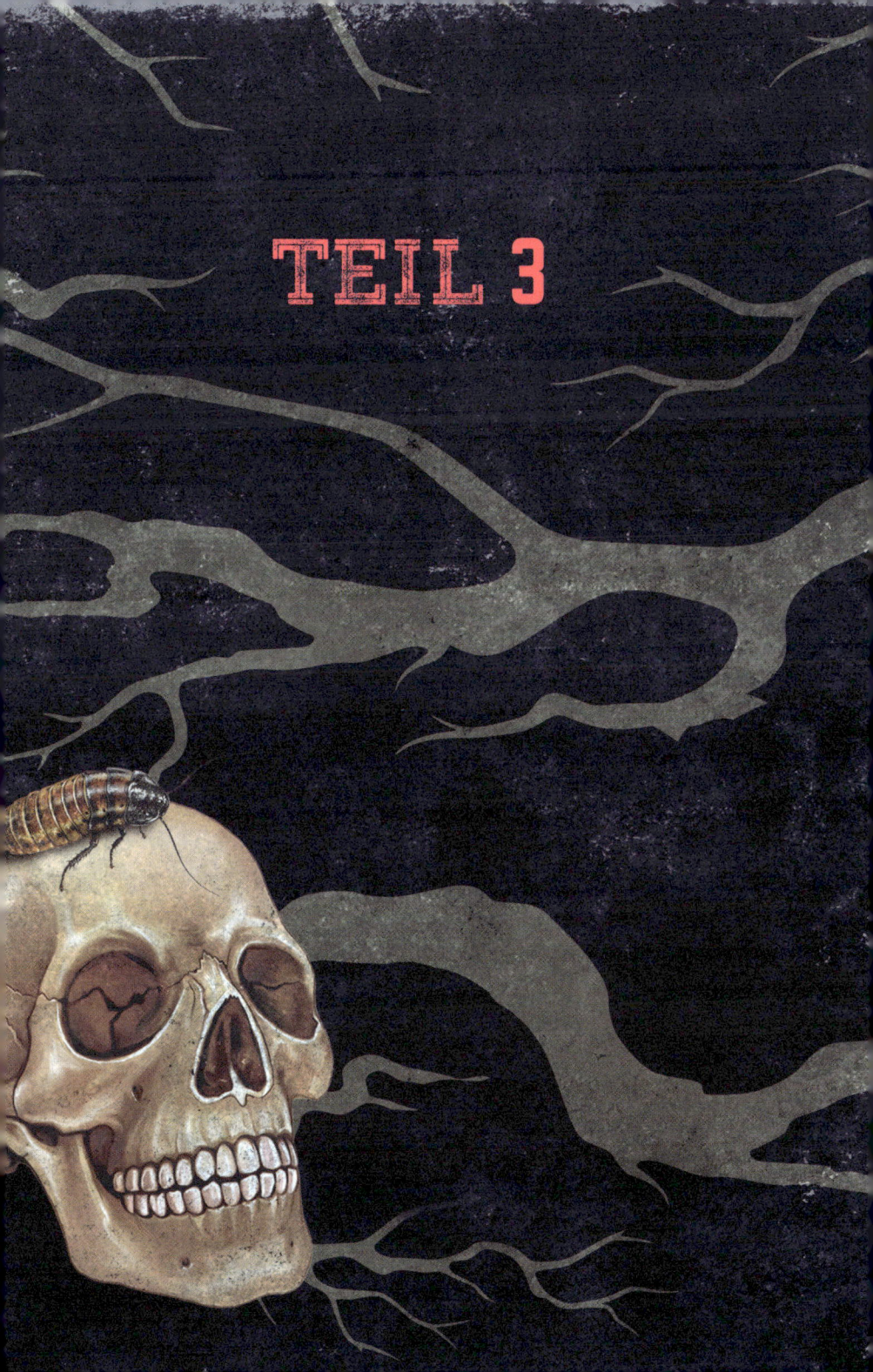

1

Wo zur Hölle war er hier gelandet? Er konnte nichts sehen. Da war nur Dunkelheit. Der Mann versuchte aufzustehen. Aber es gelang ihm nicht. Er konnte sich nicht bewegen. Seine Hände, seine Füße, sie waren gefesselt. Je mehr er zu Bewusstsein kam, je klarer er wurde, desto mehr spürte er, wie sich eine fürchterliche Angst in ihm ausbreitete. Was war nur los? Wo war er hier? Er wollte schreien, aber auch das ging nicht. Man hatte ihn geknebelt. Er versuchte sich zu erinnern. Aber die Angst raubte ihm den Verstand. Er atmete schneller. Noch nie in seinem Leben hatte er sich so hilflos gefühlt. Er begann zu weinen. Sprach ein lautloses Gebet. Herr im Himmel, bitte verschone mich vor dem Bösen. Bitte … Dann hörte er etwas. Schritte. Schwere Schritte.

»Guten Morgen«, erklang die Stimme eines Mannes.

Er versuchte sie zu erkennen. Aber nein, nein, er wusste nicht, ob er sie schon einmal gehört hatte. Konnte sie nicht wirklich zuordnen.

»Haben Sie gut geschlafen?«

Was war das für ein krankes Spiel? Er wälzte sich auf dem Boden herum. Versuchte sich irgendwie aufzurichten. Die Fesseln ein wenig zu lösen. Keine Chance. Es war vergeblich. Er war seinem Gegenüber völlig ausgeliefert. Was wollte er von ihm? Geld? Er hatte genug Geld. Er würde ihm alles geben, was er verlangte. Er wollte einfach nur nach Hause. Zu seiner Familie. Er wollte, dass das hier endet.

»Oder hatten Sie einen schlimmen Traum?«, fragte die Stimme. »Keine Sorge, jetzt sind Sie wach.«

Der Mann spürte, dass er auf irgendeinem stacheligen Untergrund lag. War das Stroh? Das würde passen, dachte er. Es roch hier wie auf einem Bauernhof. Aber vielleicht bildete er sich das auch alles nur ein. Er kniff die Augen zusammen und versuchte sich noch einmal zu erinnern, wie er hier gelandet war. Er war in seinem Büro gewesen. Dann hatte er Feierabend gemacht, war raus auf die Straße gegangen und … nein, mehr war da nicht. Jemand musste ihn entführt haben. Die Angst verflog nun ein wenig und wich einer Verzweiflung.

»Du fühlst dich hilflos, was?«, hörte er die Stimme und spürte, wie ihm jemand ganz nahe kam. »Das kenne ich. Es ist kein schönes Gefühl, wenn man anderen Menschen ausgeliefert ist. So wie ich dir ausgeliefert war. Du glaubst, mich ablehnen zu können? Einfach so davonzukommen?«

Dann spürte er eine Hand an seinem Kopf. Jemand nahm ihm den Knebel aus dem Mund. Schließlich nahm dieser Jemand ihm auch das Tuch von seinen Augen. Er brauchte ein paar Sekunden, bis er erkennen konnte, was um ihn herum war. Alles war verschwommen. Er sah die Umrisse eines schmächtigen Mannes, der vor ihm in der Hocke saß und ihn anschaute. Erst nach und nach wurden seine Gesichtszüge schärfer, und er erkannte, wer hier vor ihm saß.

»Du?!«, fragte er empört. Der Mann war sich nicht sicher, ob er lachen oder weinen sollte. Damit hatte er nicht gerechnet. »Was soll die Scheiße, Junge? Hast du den Verstand verloren? Binde mich sofort los!«

Er wurde wütend. Tatsächlich schien er sich auf einer Art Bauernhof zu befinden. Jedenfalls lag er in einer kleinen strohbedeckten Kabine, und es roch nach Pferd.

»Ganz ruhig«, sagte der Schmächtige und richtete sich auf. »Du bist jetzt nicht mehr in der Lage, mir zu sagen, was wir tun. Und was wir nicht tun.«

»Du bist doch krank. Hör auf mit diesem Spielchen. Binde mich los jetzt!«

Der schmächtige Mann legte seinen Zeigefinger auf die Lippen und gab seinem gefesselten Opfer zu verstehen, dass er ruhig sein solle. Dann zog er mit seiner anderen Hand, die hinter seinem Rücken war, ein Schlachtermesser hervor.

2

Becker zog seine Runden. Einmal auf Nummer sicher gehen. Er wollte hier keine böse Überraschung erleben. Konnte ja nicht schaden, dachte er, sich mit der Gegend ein wenig vertraut zu machen. Eigentlich kannte er diesen Teil der Stadt ganz gut. Er selber wohnte schließlich gar nicht so weit weg. Und dennoch war er noch nie in dieser Wohnsiedlung gewesen. Er schaute sich um. Besonderheiten gab es hier keine. Eine Plattenbau-Anlage wie jede andere im Berliner Osten. Die zwanzigstöckigen Gebäude standen inmitten einer öden Betonwüste. In der Anlage gab es ein paar Geschäfte. Einen günstigen Lebensmittelladen. Einen Friseur. Eine Spielhölle. Und ein georgisches Restaurant. Ziemlich genau das, was er in seiner eigenen Wohnsiedlung auch vorfinden würde.

Becker ging über den grauen Vorplatz, der durch die Plattenbauten eingerahmt wurde, und schaute sich weiter um. Vor einem kleinen Springbrunnen waren Parkbänke aufgestellt. Der Springbrunnen war außer Betrieb. Wahrscheinlich schon ein paar Jahre lang. Auf einer der Bänke saß ein älteres Ehepaar. Die beiden hatten zwei vollgepackte Einkaufstüten vor sich stehen. Offenbar machten sie gerade eine kleine Pause, bevor es nach Hause ging. Auf einer anderen Bank saß eine Gruppe Jugendlicher. Sechs bis sieben Mann. Sie hatten ihre Fahrräder und Elektroroller vor sich auf den Boden geschmissen und saßen nicht auf der Sitzfläche, sondern auf der Rückenlehne der Parkbank, hörten über ein Mobiltelefon russische Rapmusik und rauchten einen Joint. Dabei reichten sie eine Flasche Wodka herum. Nichts Besonderes also.

Becker schaute sich noch einmal alle Zugänge zu dem Platz an. Dann legte er seinen Kopf in den Nacken und schaute zu den Gebäuden hoch. Es war allerdings so neblig, dass er nicht alles erkennen konnte. Vielleicht waren Orte wie diese perfekt, um ein Verbrechen zu begehen, dachte er. Man war unter vielen Menschen und blieb doch für sich. Er vertrieb den Gedanken wieder, bevor er ihn wirklich zu Ende denken konnte, und ging zurück zu Janina Funke, die in einer kleinen Grünanlage am Rand des Platzes wartete.

»Und?«, fragte sie.

Becker zuckte mit den Schultern. »Nichts Auffälliges. Eine Anlage wie jede andere auch. Wo ist es?«

Funke nickte mit dem Kopf in die Richtung von einem der Hochhäuser, das vor ihnen stand. »Das da. Nummer 22.«

»Gut, dann lass uns loslegen«, sagte Becker schließlich.

»Warte …« Funke hielt Becker am Ärmel fest. »Bastian, ich weiß, dass du das nicht hören willst, aber meinst du nicht, dass es klüger wäre, wenn wir uns für diese Sache Rückendeckung holen?«

»Rückendeckung?«

»Du weißt, was ich meine …«

Natürlich wusste er das. Funke wollte, dass sie Bogatsu informieren. Eigentlich hatte sie recht. Eigentlich wäre das der richtige Weg gewesen. Und im Gegensatz zu seinem Alleingang in Tiergarten wäre es bei dieser Sache sogar einigermaßen vielversprechend gewesen, sich an die Hauptkommissarin zu wenden. Sie hatten jetzt etwas Handfestes. Eine Adresse. Aber würde das reichen? Würde ein Gericht dafür wirklich eine Hausdurchsuchung anordnen?

Nur weil irgendjemand vor einigen Monaten ein Buch an diese Adresse geschickt hatte, das möglicherweise dasselbe Buch war, das man am Fundort der Knochen gefunden hatte? Becker schüttelte den Kopf.

»Du weißt genau, dass Bogatsu abblocken wird.«

»Ja«, sagte Funke, die sich hier keine falschen Vorstellungen machte. »Das weiß ich. Aber eben auch nur möglicherweise. Vielleicht würde sie auch einen Einsatz genehmigen und …«

Becker stellte sich vor Funke, nahm ihre Hände und schaute ihr in die Augen. »Hör zu«, sagte er. »Ich weiß, dass wir in diesem Fall ein wenig …« Er ließ eine kurze Pause und rang nach den richtigen Worten. »… ein wenig anders vorgehen als sonst. Aber ich bin mir sicher, dass wir das Richtige tun, okay?«

»Das hast du mir gestern Nacht im Tiergarten auch gesagt.«

»Ich weiß.« Becker ließ ihre Hände los und schaute betreten auf den Boden. »Und ich habe mich geirrt. Aber ich bitte dich, vertrau mir bei dieser Sache noch einmal. Ein letztes Mal. Wenn das hier nichts wird, dann werden wir es künftig auf deine Art machen, okay?«

»Bastian …«

»Wenn wir jetzt nicht handeln, könnte es vielleicht schon zu spät sein. Vielleicht sucht sich der Kerl gerade sein nächstes Opfer. Ich kann das nicht verantworten, Janina.«

»Also gut, wir ziehen diese Nummer hier noch auf unsere Weise durch. Aber wenn das nicht klappt, halten wir uns künftig an die Regeln. Versprochen?«

»Versprochen.«

Becker hatte gar keine andere Wahl. Er wusste selbst, dass er sich verrannt hatte. Das gestern im Tiergarten war ein Tiefpunkt gewesen. Er hatte sich eiskalt vorführen lassen. Und ihm war durchaus klar, dass er mehr und mehr den Abstand zu diesem Fall verlor. Aber vielleicht würde es jetzt endlich die ersehnte Wendung geben. Becker glaubte fest daran.

»Also los«, sagte er und ging auf das Haus Nummer 22 zu. Es unterschied sich nicht von den anderen Gebäuden der Anlage. Nur die großen Zahlen, die an den Eingangsbereich gepinselt waren, machten einen Unterschied. Becker und Funke stellten sich an den Eingang und studierten das Klingelschild. Es waren weit über hundert Parteien, die hier wohnten.

»Wie war der Name?«, fragte Becker.

»Dohe«, sagte Funke. »Johann Dohe.«

Becker musste nicht lange suchen. Johann Dohe. Der Name stach hervor. Während alle anderen Schilder einheitlich gedruckt waren, hing bei Dohe nur ein handgeschriebener Zettel mit Tesafilm über der kleinen silbernen Klingel.

»Ich habe den Namen schon im Computer überprüft«, sagte Funke. »Keinerlei Treffer.«

»Wundert mich nicht«, sagte Becker und zündete sich eine Zigarette an. Johann Dohe. Der Name war kein Zufall, garantiert nicht. Johann Dohe klang ihm verdächtig nach einer deutschen Form von John Doe. John oder Jane Doe wurden in den Vereinigten Staaten Verstorbene genannt, deren richtige Namen man nicht feststellen konnte. John Doe, das war einfach nur ein anderes Wort für einen Niemand. Eine Person, die es gar nicht gibt. Becker nahm einen tiefen Zug und lehnte sich an die Wand von dem Hauseingang. Dabei schaute er sich genau um. Er wartete auf die passende Gelegenheit, in das Haus zu kommen.

»Übrigens«, sagte er. »Es tut mir wirklich leid, wenn ich dir gestern deinen Abend verdorben habe.« Er ließ eine kurze Pause. »Wirklich. Das war keine Absicht.«

Funke lächelte und machte eine abweisende Handbewegung. »Schon in Ordnung, Bastian«, sagte sie. »Ich weiß ja, wie du bist.«

»War es denn …?« Becker unterbrach seine Frage, als er eine ältere, etwas rundliche Frau mit zwei Einkaufstüten in den Händen erblickte, die auf das Gebäude zuging. Das war die Chance, die sie nutzen mussten, dachte Becker. Er gab Funke ein Zeichen und ging langsam auf die alte Frau zu, die ihre Tüten inzwischen abgestellt hatte und in ihrer Jackentasche nach einem Schlüssel suchte. Gerade als sie ihn ins Schloss steckte und umdrehte, drückte Becker die Tür mit großer Geste auf, damit die Alte das nicht tun musste. »Können wir Ihnen mit Ihren Tüten helfen, gute Frau?«, fragte er und wollte gerade nach einer der beiden Plastiktüten greifen, als die Alte ihn regelrecht wegstieß. »Njiet, njiet«, schimpfte sie und ballte ihre Fäuste. Becker hob abwehrend die Hände in die Luft als Zeichen, dass er ihr nichts Böses wolle. Aber da war es schon zu spät. Die Frau begann ihn ausführlich zu beschimpfen. Zumindest klang es danach. Becker verstand kein Russisch. War in diesem Fall vielleicht aber auch besser. Er ließ die Beschimpfungen über sich ergehen und wartete, bis die Alte im Treppenhaus verschwunden war.

»Du machst dir ja direkt neue Freunde, was?«, schüttelte Funke den Kopf.

Becker zuckte mit den Schultern und schlüpfte durch die offen gehaltene Eingangstür. Die beiden schauten sich um. Das Treppenhaus war ziemlich heruntergekommen. Die Scheiben an der Glastür hatten Risse. An den Wänden waren irgendwelche Schmierereien angebracht. Und auf dem Boden lag Müll. Eine zertretene Bierdose, eine leere Chipstüte und eine Pappschale mit ein paar Pommes frites und eingetrockneten Ketchup-Resten am Rand. Die mussten schon ein paar Tage hier liegen. Es war genau das, was Becker erwartet hatte. In diesen riesigen Anlagen am Stadtrand wohnten meistens Menschen, die sich kaum etwas Besseres leisten konnten. Menschen, die selber am Rand standen. Hier waren viele so sehr mit dem eigenen Leben beschäftigt, dass sie sich nicht groß dafür interessierten, was um sie herum passierte. Becker wohnte ja selber in einer solchen Anlage. Er kannte die Vorteile. Man wurde in Ruhe gelassen. Man fiel nicht weiter auf. Was für ihn sehr angenehm war, war für seine Arbeit ein Albtraum. Er war sich sicher, dass kaum jemand hier Auskunft über einen gewissen Johann Dohe geben könnte. Er schaute zu Funke, die vor einem großen Schriftzug stand, den jemand direkt über einen der beiden Aufzüge geschmiert hatte. »Eat the Rich«, stand da.

Nun ja, dachte Becker, wenn es denn nur die Reichen wären, die man hier fressen würde. Dann entdeckte er die Briefkastenanlage.

Er winkte Funke heran, und die beiden gingen die Namen durch. Wieder fanden sie bei Dohe bloß einen handschriftlich geschriebenen Zettel, der mit einem Stück Tesafilm über den Briefkasten geklebt war. Becker ließ seinen Rucksack von der Schulter gleiten und fischte sich einen Handschuh heraus. Dann zog er vorsichtig das kleine Schildchen ab und hielt es in die Höhe gegen das grelle Neonlicht. »Perfekt«, sagte Becker, als er auf dem kleinen Tesafilm-Streifen einen

Fingerabdruck erkannte. Er packte ihn vorsichtig in eine Hülle und verstaute diese in seinem Rucksack.

Die Briefkästen waren nach den Stockwerken sortiert, in denen die Bewohner lebten. »Dreizehnter Stock«, sagte Becker und wollte gerade zu dem Aufzug gehen, als Funke ihn am Arm festhielt. »Warte«, sagte sie. »Was genau hast du vor? Wir brauchen einen Plan. Oder willst du einfach klingeln?«

Ja. Genau. Das hatte Becker tatsächlich vor. Einfach klingeln. Und schauen, wer ihm da die Tür aufmacht. Allerdings war er nicht ganz unvorbereitet. Er zog einen Ausweis aus der Jacke und hielt ihn Funke hin.

»Stadtwerke Berlin?«

Becker zuckte mit den Schultern. »Ist jetzt nicht sonderlich einfallsreich, aber ich denke, es wird reichen.«

»Betreten einer Wohnung unter Vorspiegelung falscher Tatsachen, ach, Bastian, du machst es immer schlimmer …«

Becker drückte auf den Aufzugknopf. »Ich würde sagen, du hältst dich einfach im Hintergrund. Wenn es irgendwelche Probleme geben sollte …«, sagte er und hielt sein Mobiltelefon hoch, bevor er es wieder in die Tasche steckte, »dann klingle ich dich unauffällig an, einverstanden?«

Funke nickte. »Bist du dir wirklich sicher, dass du so vorgehen willst?«

»Ich sehe keinen anderen Weg.«

Die beiden betraten den Aufzug. Er hatte schon bessere Zeiten gesehen. Dreizehnter Stock. Die Tür öffnete sich und die beiden Ermittler standen in einem langen Flur. An der Decke hing eine flackernde Lampe. Becker atmete tief durch. Langsam trat er aus dem Aufzug heraus und schaute sich um. Niemand war zu sehen.

»Warte hier«, sagte Becker.

Funke ließ auch den zweiten Aufzug kommen und blockierte bei beiden Fahrstühlen die Tür, damit niemand die beiden überraschen konnte. »Sei vorsichtig«, flüsterte sie ihm noch hinterher.

Jetzt war es so weit, jetzt würde Becker endlich erfahren, wer hinter dieser ganzen Nummer steckte. Er konnte nicht leugnen, dass er aufgeregt war. Becker ging langsam den schmalen Hausflur entlang. Aus einer der Wohnungen hörte man das Geräusch eines Staubsaugers. Er schaute auf das Klingelschild. Meisner. Das war nicht die richtige Wohnung. Becker ging weiter. Mit jedem Schritt spürte er, dass die Anspannung stieg. Er kam an der nächsten Tür vorbei. Kurzer Blick auf das Klingelschild. Yilmaz. Wieder falsch. Er ging weiter.

Becker war nun wie in einem Tunnel. Er nahm kaum noch etwas wahr. Nur diesen langen Gang vor sich und die zwei verbleibenden Türen. Alle Gedanken, die sonst ständig in seinem Kopf herumschwirrten, waren weg. Er spürte, wie sein Herzschlag sich beschleunigte. Die nächste Tür. Wieder hörte er etwas. Stimmen. Eine Frau und ein Mann. Sie unterhielten sich. Nein, sie stritten sich. Es wurde lauter. Becker ging noch einen Schritt auf die Tür zu. Versuchte zu hören, was im Inneren vor sich ging. Er zuckte zurück. Das Geräusch von einem Gegenstand, der auf den Boden fiel. Zerbrochenes Glas. Dann Stille. Becker war nun hellwach. Was passierte gerade hinter dieser Tür? Musste er eingreifen? Kam er zu spät? Oder gerade noch rechtzeitig, um …

Becker stockte. Drehte sich kurz zu Funke um. Sie stand noch immer bei den Aufzügen. Er war sich unsicher, was er nun tun sollte. Eingreifen? Abwarten? Dann wieder die Stimmen. Becker atmete durch. Es war nichts passiert. Nur ein Streit. Die Stimme der Frau wurde lauter. Jetzt erkannte Becker auch erste Wortfetzen. »… bin fertig mit dir«, hörte er. Gefolgt von einigen nicht ganz jugendfreien Beschimpfungen. Als Becker gerade weitergehen wollte, wurde die Tür aufgerissen, und eine junge Frau, vielleicht Mitte zwanzig, stürmte heraus und lief genau in ihn hinein.

»Was soll das denn?«, keifte sie ihn sofort an. »Was stehst du denn hier so blöd vor unserer Tür herum?«

Becker betrachtete das Mädchen. Sie war einen guten Kopf kleiner als er, hatte blonde Haare, die sie an den Seiten abrasiert hatte, und beide Arme waren volltätowiert. Becker versuchte sie zu beruhigen. Hob entschuldigend die Hände. »Es tut mir leid«, flüsterte er. Scheiße. Er konnte jetzt hier kein Drama gebrauchen. »Tut mir leid«, sagte er noch einmal leise, »… ich wollte dahinten …«

»Ronny«, rief das Mädchen nach ihrem Freund. »Hier steht so ein Ekelhafter an der Tür.«

Auch das noch. Becker hörte die Schritte des Mannes näher kommen. Das konnte doch nicht wahr sein. Er warf einen flüchtigen Blick auf das Türschild. Zastrow. Wenn es wenigstens die richtige Wohnung gewesen wäre.

»Hören Sie …«, sagte Becker, aber er kam gar nicht zu Wort. Das Mädchen vor ihm fluchte und schubste ihn weg.

»Halt mal Abstand«, schimpfte sie. »Was stehst du vor unserer Tür wie so ein Spanner!« Sie schaute sich um und entdeckte Funke bei den Aufzügen. »Und was glotzt du so dahinten?«

Noch bevor Becker sich erklären konnte, kam auch schon ihr Freund vor die Tür. Ein knapp zwei Meter großer muskelbepackter Kerl mit Glatze. Der Typ trug eine graue Jogginghose, ein weißes Unterhemd und hielt tatsächlich einen Baseballschläger in der Hand. Das konnte doch wohl nicht wahr sein.

»Watt soll die Scheiße?«, schrie er Becker sofort an.

»Der Typ lungert vor unserer Wohnung rum, Schatz!«

»Nein, ich lungere nicht …« Keine Chance. Sobald Becker etwas sagen wollte, fielen ihm die beiden direkt ins Wort. »Willste auf die Fresse, Kollege?«, fauchte Ronny ihn an und schlug seinen Schläger mehrmals bedrohlich in die eigene Handfläche.

Becker zog seinen gefälschten Ausweis hervor. »Beruhigen Sie sich doch«, sagte er und hielt das Dokument beinahe schützend vor sich. »Ich bin von den Stadtwerken. Ich bin hier, um …«

»Watt denn für Stadtwerke, Kolleje?«

»… um bei Ihrem Nachbarn eine Wartung vorzunehmen.«

Der Glatzkopf riss Becker den Ausweis aus der Hand und schaute ihn sich an. Erst jetzt beruhigten sich die beiden wieder etwas. Aber eigentlich war es schon zu spät. Den Lärm, den sie gemacht hatten, den hatte jeder hier auf dem Flur gehört. Das erhoffte Überraschungsmoment gab es nicht mehr. Wenn Beckers Kannibale zu Hause war, dann war er spätestens jetzt vorgewarnt.

»Siehst mir gar nüsch aus wie so ne Stadtwerks-Fritze«, sagte der Zwei-Meter-Glatzkopf mit dem Baseball-Schläger, nun wieder etwas ruhiger. Dann giftete er seine Freundin an. »Watt machste denn hier für nen Uffstand? Der jute Mann is vonne Stadtwerke, ditt hörste doch!« Er zog seine Freundin, die die Augen verdrehte, wieder in die Wohnung, lehnte den Schläger an den Türrahmen und kam versöhnlich auf Becker zu. »Wissen Se, ditt tut mir leid, da hamwa uns uffem falschen Fuße erwischt, meen Bester. Ick sag mal, meine Liebste, die is da manchmal ein bisken überempfindlich.«

»Schon okay«, sagte Becker und versuchte dem ganzen Schauspiel nun endlich ein Ende zu setzen. Er hatte immerhin etwas zu erledigen.

»Aber wenn Se denn schon mal hier sind, mein Jutester, vielleicht könnten Se sich unsere Heizung mal anschauen? Seit vier Monaten passiert da nüscht mehr, wenn ick die uffdrehe.

»Ich …«, Becker schaute den Kerl hilflos an, der jetzt seinen Arm freundschaftlich um seine Schultern gelegt hatte, »… habe einen ganz dringenden Termin bei Ihrem Nachbarn. Ich schaue es mir später an, okay?«

»Ach watt, jetze, wo wir dich schonma dahaben, schau doch gleech ma rüber …«

Keine Chance. Becker kam da nicht mehr raus. Mit freundlicher Gewalt ließ er sich in die kleine Wohnung der beiden ziehen. »Außerdem«, sagte der Mann, der ihn eben noch mit einem Baseballschläger bedroht hatte, »… iss der jute Mann von nebenan doch schon jar nüsch mehr da.«

»Was meinen Sie damit?«, nutzte Becker die Gelegenheit, während er durch den kleinen vollgestellten Flur ins Wohnzimmer kam. Er schaute sich um. Das Wohnzimmer entsprach so ziemlich genau der Vorstellung, die man sich von so einer Messie-Wohnung machte.

Überall standen Kartons herum. Auf dem Wohnzimmertisch stapelten sich benutzte Teller und Gläser. An die Wand gelehnt stand ein viel zu kleines Aquarium, in dem ein paar traurige Fische ihre Runden schwammen, und direkt über dem Sofa hing eine riesige Union-Berlin-Flagge. Der Rest war Schrott.

»Na, Se meenen wohl den Hermann von nebenan, der iss doch schon vor drei Monaten ausjezogen.«

»Und wer wohnt jetzt dort?«, fragte Becker, während er ein wenig Müll mit seinem Fuß zur Seite schob und sich alibimäßig vor die Heizung hockte.

»Ditt is unbewohnt«, antwortete Ronny und zuckte nur mit den Schultern.

Unbewohnt? Das konnte nicht sein. Immerhin war das Buch vor zwei Monaten bestellt worden. Auf der anderen Seite erklärte das vielleicht, warum es weder ein richtiges Namensschild an der Klingel noch am Briefkasten gab. Vielleicht hatte sich in dieser Wohnung einfach nur jemand zeitweilig eingenistet. Becker musste unbedingt da rein. Aber erst musste er das hier hinter sich bringen. Er ging in die Knie und schaute sich die Heizung an. Er drehte einmal am Temperaturregler und klopfte mit der Faust auf den Heizkörper. Dann verzog er ernst das Gesicht und schaute den Glatzkopf an. »Klare Sache«, sagte er. »Da ist Ihnen eine Heizkühlung durchgebrannt.«

»Ne Heizkühlung?«

»Ganz genau. Das kommt schon mal vor bei diesen alten Geräten.«

»Ditt hab ick mir gleich jedacht. Ick habs noch zu meener Perle jesacht, ditt is bestimmt die Heizkühlung!«

»Na, aber ganz genau«, setzte Becker sein Schauspiel fort. »Aber keine Sorge, das ist ein Problem, das man leicht in den Griff bekommt. Ich besorge einfach einen Ersatz und komme morgen wieder. Lässt sich schnell verbauen, keine große Sache.«

»Ach, ditt is ja super, meen Bester! Ick danke dir!«, freute sich der Glatzkopf und begleitete Becker wieder vor die Tür in den Hausflur. »Und morjen kommste wieder, wa?«

»Ja, gegen Vormittag. Ich melde mich.« Becker atmete durch. Endlich. Das wäre auch geschafft. Er schaute zum anderen Ende des Flurs, wo Funke ihn fragend anschaute. Becker reckte nur den Daumen nach oben, um ihr zu verstehen zu geben, dass alles in Ordnung war. Dann strich er sich mit der Hand durch die Haare und ging weiter. Alles klar. Alles kein Problem. Bleib ruhig, Becker. Letzte Wohnung, du kriegst das hin. Das war einfach nur eine kleine Ablenkung. Nicht ideal gelaufen, aber auch kein Drama. Es ist nichts passiert. Es ist nichts verloren.

Er schaute auf die letzte verbliebene Tür. Das war sie. Das war die Wohnung des Kannibalen. So nah wie jetzt war er seinem Ziel noch nie. Becker ging ein paar Schritte auf die Tür zu, vergewisserte sich, dass im Hausflur niemand mehr war, der ihn beobachtete. Beinahe zwei Wochen hatte er ausschließlich damit verbracht, dem Täter auf die Spur zu kommen. Er hatte versucht, sich in seinen Kopf hineinzuversetzen. So zu denken wie er. Und jetzt war es endlich so weit.

Was würde ihn hier wohl erwarten? Er spürte, wie seine Hand leicht zu zittern begann. Endlich würde er das Geheimnis von Chefkoch lösen können. Er schaute auf die Klingel. Kein Name. Becker sah noch einmal zu Funke rüber, die noch immer am anderen Ende des Flurs wartete. Das Licht flackerte. Dann fasste er all seinen Mut und drückte auf die Klingel. Er hörte, wie es im Inneren der Wohnung einmal summte. Es war ein scharfes, eher unangenehmes Geräusch. Becker trat einen Schritt zurück. Keine Reaktion. Er hörte auch innerhalb der Wohnung nichts. Er versuchte es ein zweites Mal. Wieder nichts. Becker ließ noch einige Sekunden verstreichen. Dann trat er auf die Tür zu. Und klopfte.

»Herr Dohe, könnten Sie bitte die Türe aufmachen!« Er versuchte, einen ruhigen, nicht zu harten Ton zu treffen. »Mein Name ist Maier von den Stadtwerken, wir müssten einmal an Ihre …«, er überlegte für einen kurzen Moment, »… Ferngasleitung.«

Scheiße! Meine Güte, Becker! Hättest du dir das nicht vorher ein bisschen besser überlegen können? Ferngasleitung? So ein Quatsch.

Aber egal, dafür war es jetzt zu spät. Er musste einfach darauf hoffen, dass der Kerl, der hier wohnte, mehr Ahnung von der Zubereitung von Fleisch hatte als von irgendwelchen Stromerzeugungsvorgängen. Becker klopfte noch einmal. »Herr Dohe, sind Sie da? Wir hatten einen Termin …«

Becker atmete durch. Keine Reaktion. Wer auch immer hier wohnte, er war ganz offenbar nicht zu Hause. Becker wusste, dass das, was er jetzt vorhatte, besonders gefährlich war. Er zog seine Bankkarte aus seiner Geldbörse und begann damit das Schloss zu knacken. Er brauchte zwei Anläufe, dann hörte er das erlösende Klack-Geräusch. Die Tür war offen. Vorsichtig, ganz vorsichtig drückte er sie auf.

»Herr Dohe …? Die Tür war offen …«

Noch immer keine Reaktion.

Dann betrat er die Wohnung.

Sofort stieg ihm ein süßlich-beißender Gestank in die Nase. Becker erkannte ihn sofort. Es war der Gestank von Verwesung. Er spürte, wie sein Herzschlag sich wieder beschleunigte. Sie waren hier richtig. Das wusste er.

»Hallo?«, rief er in die Wohnung hinein. In seiner Jackentasche hatte er ein Pfefferspray, das er fest umklammerte. Es war nicht viel. Aber im Fall der Fälle war es besser als gar nichts. »Ist hier jemand zu Hause?«, versuchte es Becker ein letztes Mal. Keine Reaktion. Vorsichtig betrat Becker die kleine Diele, die in das Wohnzimmer führte.

Die Wohnung war komplett abgedunkelt. Alle Vorhänge zugezogen. Sie kam Becker beinahe vor wie eine Höhle. Das Wohnzimmer war so gut wie leer. Nur ein Sofa und ein kleiner Schreibtisch standen noch in dem Raum. Die Wohnung war nicht mehr bewohnt.

Scheiße, dachte Becker. Sie waren zu spät. Vielleicht hätten sie ihren Verdächtigen noch erwischt, wenn sie zwei Tage vorher gekommen wären. Becker blieb trotzdem vorsichtig. Auf dem Boden sah er ein wenig Dreck. Er ging in die Knie, nahm seinen Rucksack vom Rücken und holte sich eine Pinzette sowie ein paar kleinere Abpacktütchen hervor. Das war kein Dreck, dachte Becker. Das war

Erde. Er packte ein paar Proben ein und streifte weiter durch den Raum. An den grau gestrichenen Wänden entdeckte er ein paar Ditscher. Er schaute sie sich näher an. Sie waren beinahe über die gesamte Wand verteilt. Leichte Farbabschürfungen. Sie konnten daher stammen, dass hier einmal etwas mit Klebeband festgemacht und das Klebeband dann wieder entfernt worden war. Merkwürdig, dass es die ganze Wand betrifft, dachte Becker. Hatte jemand den gesamten Raum mit irgendwas beklebt? Becker zog sein Mobiltelefon heraus und machte ein paar Fotos. Dann entdeckte er ein Blatt Papier hinter dem Schreibtisch.

»Bastian?«, hörte er die Stimme seiner Partnerin. »Ist da drin alles in Ordnung?«

Becker zog den Schreibtisch ein Stück weit vor und griff sich das Stück Papier. An seinem oberen Ende klebte noch etwas Tesafilm. Das bestätigte seine These. Langsam drehte er das Blatt herum.

»Ach, du Scheiße«, fluchte er.

»Bastian? Ist alles okay?«

»Ja, ja«, rief er seiner Partnerin entgegen. »Alles okay …«

Er starrte auf das Blatt. Spürte, wie der Schweiß ihm über die Stirn lief. Das war einer dieser Momente, die sich so unwirklich anfühlten, dass es sich nur um einen schlechten Traum handeln konnte, aus dem man jeden Moment wieder erwachen müsste. Aber dieses Mal war es kein Traum. Dieses Mal war es die Wirklichkeit. Becker starrte auf das Blatt. Er starrte auf sich selbst. Das war er. Ein Foto, gemacht von seiner Webcam. Wie er vor seinem Rechner saß. Bei sich zu Hause. Wie konnte das sein? Wo hatte der Kerl dieses Foto her? Es gab nur eine Schlussfolgerung. Becker wurde überwacht!

Sofort hatte Becker Tausende von Fragen in seinem Kopf. Wie lange ging das schon so? Wie hatte sich der Typ Zugriff auf seinen Computer verschafft? Was wusste er alles? Scheiße! Was für eine verdammte, riesengroße Scheiße! Die anfängliche Freude, dem Täter ein gutes Stück näher gekommen zu sein, verflog sofort. Nein, dachte Becker. Wir sind dem Täter nicht näher gekommen. Sondern er uns.

»Bastian, ich komme jetzt rein«, hörte er Funke rufen. Becker überlegte, wie er mit dem Foto umgehen sollte. Sollte er es Janina zeigen? Was würde sie dazu sagen? Wie sollte er ihr das erklären? Und überhaupt … wenn Bogatsu davon wüsste. Wenn herauskommen würde, dass er sich in dem Fall selbst zur Zielscheibe gemacht hatte, dann wäre er raus. Keine Frage. Seine Ermittlungen wären für die Tonne.

»Bastian«, hörte er die Stimme seiner Partnerin, als sie den Raum betrat. »Wie sieht es aus?« Hast du etwas gefunden?«

Becker knüllte das Papier zusammen und steckte es in seine Tasche. Er würde Janina davon erzählen. Das musste er. Aber nicht jetzt. Nicht hier. Sie sollte sich keine unnötigen Sorgen machen. Er würde es ihr später erklären. Wenn er selber mehr wusste.

»Ja, ähm, ja«, sagte er. »Hier ist alles voll von Spuren. Ich habe schon ein paar Proben genommen. Es scheint ganz so, als wäre der Bewohner erst vor Kurzem ausgeflogen.«

»Riechst du das?«, fragte Funke.

»Ja. Das ist der Geruch von Tod«, sagte Becker. »Es riecht nach Verwesung. Aber der Gestank ist nicht so stark wie an einem tatsächlichen Fundort. Ich denke, dass hier irgendetwas passiert ist.«

»Wahrscheinlich hast du recht.«

Funke gab Becker ein Zeichen, dass sie sich in der Küche umsehen würde. Becker nickte ihr zu und öffnete vorsichtig die Vorhänge, sodass ein wenig Licht in die Wohnung kam. Es war ein unangenehmes, graues Licht, das in die kleine Höhle fiel. Becker sah Tausende Staubkörner tanzen. Es hatte beinahe etwas Romantisches. Für einen kurzen Moment blieb er mit seinem Blick an dem Lichtstrahl hängen, der in die Wohnung schien. Dann riss er sich wieder los.

Was sollte er jetzt machen? Wie sollte er das irgendwem erklären? Er hatte eine nicht genehmigte verdeckte Aktion gestartet und war dabei aufgeflogen. Er hatte womöglich sogar den Täter auf die Ermittlungen aufmerksam gemacht. Wie konnte ihm so etwas nur passieren? So weit hätte es nicht kommen dürfen. Das sah ihm doch eigentlich gar nicht ähnlich. Vielleicht hatte Funke recht, vielleicht hatte er sich in diesem Fall einfach verstiegen. Auf der anderen Seite waren sie jetzt hier, auf den Spuren des Täters.

»Bastian«, rief Funke ihn. »Komm mal her, ich habe hier etwas, das du dir ansehen solltest.«

Becker nahm sich vor, sich mit der Sache später auseinanderzusetzen. Er hatte Mist gebaut. Aber das spielte gerade keine Rolle. Er musste jetzt funktionieren. Becker betrat die kleine Küche. Hier war der Verwesungsgeruch noch schärfer, vermischte sich aber mit dem beißenden Gestank von Essig. Wahrscheinlich, dachte Becker, hatte hier jemand sehr gewissenhaft geputzt. Die Regale waren ausgeräumt. Auf dem kleinen Gasherd fanden sich noch ein paar Gebrauchsspuren. Ansonsten war hier nichts mehr. Keine Teller. Keine Gläser. Keine Pfannen oder Töpfe.

»Sieht verlassen aus«, sagte Becker.

»Mag sein«, antwortete ihm Funke. »Aber wer auch immer hier gewohnt hat – er hat etwas vergessen.« Sie öffnete den Kühlschrank. Im mittleren Fach lag ein großer durchsichtiger Beutel voller Fleisch.

3

Wagner. Er liebte Wagner. Der schmächtige Mann schloss die Augen, lehnte sich in seinem Ohrensessel zurück und lauschte für einen kurzen Moment der Musik. *Götterdämmerung.* Ouvertüre. Es war herrlich. Erhebend. Und zugleich so wahnsinnig inspirierend. Draußen ging die Sonne gerade unter, und er schaute aus seinem Wohnzimmer in die unendliche Weite der Welt. Seine Sicht war durch nichts versperrt. Hier gab es nur Natur. Nur das reine, wahre Leben.

Der schmächtige Mann nahm noch einen Schluck Wein und konzentrierte sich wieder auf die Musik. Er hörte nicht einfach nur Wagner. Er zelebrierte Wagner. Diese Musik war für ihn eine beinahe sinnliche Erfahrung. Und Wagner selber mehr als nur irgendein Künstler. Wagner war *der* Künstler schlechthin. Ein Genie. Ein Visionär. Ein Revolutionär. Er stellte alles auf den Kopf und dachte die Kunst weiter, als seine Zeitgenossen dazu auch nur im Ansatz in der Lage gewesen wären. Der schmächtige Mann legte seinen Kopf leicht in den Nacken und genoss den Augenblick. Diesen ganz besonderen Augenblick, in dem er sich vollkommen von der großen Kunst einhüllen ließ. Als die Violinen immer schneller spielten und von den donnernden Pauken begleitet wurden, als das Leitmotiv der Götter erklang, da atmete er tief ein und bäumte sich regelrecht in seinem Stuhl auf. Es war ein Gefühl von absoluter Erhabenheit.

Wäre er doch nur in der Lage, einen Bruchteil dieser Leistung abzurufen ... aber ihm war klar, dass nicht nur er, sondern zahlreiche sogenannte Künstler dazu verdammt waren, für alle Zeiten im Schatten des Meisters zu stehen. Diese Größe war ihm schlichtweg nicht vergönnt. Er hatte sich damit abgefunden. Dennoch würde er noch etwas hinterlassen, worüber die Welt sprechen würde. Vielleicht würde es die Welt nicht so verändern, wie Wagner sie verändert hatte, aber es würde seine Anerkennung finden. Da war er sich sicher. Wieder hörte er die Paukenschläge. Diese Kraft!

Der schmächtige Mann lächelte. Es ging ihm gut. Das waren seltene Augenblicke. Augenblicke, in denen die vielen Stimmen in seinem Kopf ein wenig Ruhe fanden. Augenblicke, in denen die vielen Selbstzweifel, die an seiner Seele nagten, für einen Moment ihren Hunger gestillt hatten. Er war im Reinen mit sich selbst.

Er wusste ja, dass es auch wieder anders kommen würde. Auch Wagner hatte Selbstzweifel gehabt. Und auch Wagner wurde abgelehnt. Wieder und wieder. Zwar hatte man ihm immer wieder eine Chance gegeben, aber erst spät, zu seinem Lebensende hin, da hatte man ihm seinen größten Traum erfüllt und ihm ein Opernhaus gebaut, in dem er seine ganz eigene Vision von Kunst verwirklichen konnte. Wagner glaubte, dass die wahre, die große Kunst die Aufhebung der einzelnen Disziplinen bedeutete. Dass es keine Trennung mehr geben dürfte. Dass Text und Musik, Bühnenaufstellung und Regie alle aus einer Hand stammen müssten. Ein revolutionärer Gedanke im ausgehenden neunzehnten Jahrhundert, in dem Komponisten für die Musik, Literaten für die Texte und Regisseure für die Regie einer Oper zuständig waren. Das löste sich erst mit Wagner auf.

Der schmächtige Mann nahm einen Schluck Wein und hing seinen Gedanken nach. Das, was Wagner in seiner Zeit erreicht hatte, das musste er irgendwie auf die Gegenwart ummünzen. Für den schmächtigen Mann ging es aber nicht mehr um die Zusammenführung verschiedener Kunstformen – das gab es längst alles. Für den schmächtigen Mann ging es um eine Kunstform an sich. Er wollte eine Erzählung schreiben. Die perfekte Erzählung. Und er war sich sicher, dass sie nur dann funktionieren würde, wenn er die Idee seines Romans nicht bloß selber entwarf, sondern auch die Figuren verkörperte, die er erfunden hatte. Er musste alles selber sein. Täter. Opfer. Ermittler. Er musste sich nicht nur in diese Rollen hineinversetzen, er musste sie leben. Er musste die Kunst aus der Künstlichkeit befreien.

Der schmächtige Mann riss sich von seinen Gedanken los, stand auf und ging langsam durch das holzvertäfelte Wohnzimmer in die anliegende Küche. Ein angenehmer Geruch lag ihm in der Nase. Er stellte sich an den Herd und öffnete einen der großen Töpfe, in dem Kartoffeln köchelten. Er nahm eine Gabel und stach in eine der Kartoffel hinein. Sie brach auseinander. Das war das Zeichen, dass sie fertig war. Der schmächtige Mann nahm noch einen Schluck von seinem Wein, stellte das Glas ab und goss die Kartoffeln ab. Dann öffnete er den Ofen und zog eine Kochform mit einem Braten heraus. Der schmächtige Mann verzog das Gesicht. Der Geruch war intensiv. Er nahm das Fleisch heraus, schnitt sich ein Stück ab und richtete es gemeinsam mit den Kartoffeln und einer Zwiebel-Rotwein-Soße auf einem weißen Teller an. Er summte dabei die Musik mit, die noch immer im Hintergrund lief. Dann griff er sein Glas Wein und setzte sich mit dem Teller an den Wohnzimmertisch, den er bereits eingedeckt hatte.

Er schaute auf den Teller. Schaute auf das Fleisch. Er konnte sich von dem Anblick des Bratens kaum lösen. Er vertiefte sich regelrecht in ihn. Betrachtete seine Oberfläche. Seine Struktur. Dann nahm er die Gabel und löste ein Stück ab, spießte es auf und führte es zu seinem Mund. Er zögerte. Seine Lippen bebten. Sein Körper schüttelte sich. Nein, er konnte es nicht. Er legte die Gabel wieder weg. Atmete durch. Dann versuchte er es noch einmal. Es musste sein. Es ging hier nicht um ihn. Es ging hier um so viel mehr.

Er musste es tun. Er musste eins werden mit seinen Figuren, eins werden mit seiner Geschichte. Der schmächtige Mann nahm die Gabel und führte das Stück Fleisch in seinen Mund. Er begann zu würgen. Fluchtartig sprang er auf und lief durch die geöffnete Tür hinaus in den Garten, wo er sich übergeben musste.

4

Nur eine Sache war jetzt noch offen. Auch wenn es ihr schwerfiel. Janina Funke nahm ihr Mobiltelefon in die Hand und schaute noch einmal kurz auf den kleinen Bildschirm. Keine neuen Nachrichten. Keine verpassten Anrufe. Noch war es ruhig. Sie ging ein letztes Mal ihr Postfach durch. Auch da nichts Neues. Aber es war gerade einmal neunzehn Uhr dreißig. Der Abend war noch jung. Sie wusste, dass sie jederzeit irgendeinen Sonderwunsch von Bastian bekommen konnte. Deshalb musste sie jetzt das machen, was sie an einem normalen Abend nicht machen würde. Sie atmete einmal tief durch und schaltete ihr Mobiltelefon aus. Denn das war kein normaler Abend. Zumindest nicht für sie.

Es fiel ihr nicht leicht. Aber sie wusste, dass es nötig war. Sie war die vergangenen Jahre ständig in Abrufbereitschaft gewesen. Sie hatte sich wirklich einen Abend für sich verdient. Egal mit welcher Idee Bastian um die Ecke kommen würde – dieses Mal musste er halt warten.

Funke nahm noch einen Schluck aus dem Weinglas, das sie sich auf die Badewanne gestellt hatte, während sie vor dem Spiegel ihren Lippenstift nachzog. Sie war in einer eigentümlichen Stimmung. Auf der einen Seite freute sie sich wirklich auf den Abend. Mit Franziska wollte sie das verpatzte Ende ihres Restaurantbesuchs nun endlich nachholen. Ungestört. Auf der anderen Seite ging der Kannibalen-Fall ihr nicht mehr aus dem Kopf. Sie war sich sicher, dass Becker sich verrannte. Besonders die Luftnummer im Tiergarten hatte sie dazu gebracht, an seinem Verstand zu zweifeln. Aber als sie die Wohnung durchsuchten und den Kühlschrank mit dem Fleisch entdeckten – vielleicht war doch mehr an der Sache dran, als sie gedacht hätte. Vielleicht hatte sie Bastian Unrecht getan. So unüblich seine

Methoden auch sein mochten, in den meisten Fällen hatte er doch recht behalten. Vielleicht auch dieses Mal.

Aber, so sagte sie sich, nun war ja erst einmal alles gut. Zwar wurde das Fleisch noch im Labor ausgewertet, aber dass es sich hierbei um Menschenfleisch handelte, daran hatte sie selbst mittlerweile keinerlei Zweifel mehr. Sobald das bestätigt würde, wusste Funke, würden die Dinge ihren Lauf nehmen. Zwar wäre das Fleisch immer noch kein endgültiger Beweis für einen Mordfall, aber Indiz genug, dass die Polizei sehr viel mehr Beamte für den Fall abstellen würde. Es war *eine* Sache, irgendwelche Knochen in der Stadt zu finden, die man nicht zuordnen konnte. Es war aber eine ganz andere Sache, in einer verlassenen Wohnung mitten in Berlin eine riesige Tüte voller abgeschabtem Menschenfleisch zu finden. Vielleicht könnte man auch mithilfe der DNA ein Opfer ausfindig machen. Außerdem musste die Wohnung ja auf irgendjemanden gemeldet sein. Kurzum: Funke war sich sicher, dass der Fall so gut wie gelaufen war. Es dürfte keine größeren Überraschungen mehr geben. Insofern hatte sie sich diesen freien Abend wirklich verdient.

Sie betrachtete sich im Spiegel. Erkannte sich selber kaum wieder. Wann hatte sie das letzte Mal ein schwarzes Kleid getragen? Funke lächelte. Sie fand sich hübsch. Sie ging ins Wohnzimmer, griff nach ihrem Telefon und bestellte sich ein Taxi. Sie war gespannt darauf, wie Franziska so wohnte. Angeblich hatte sie eine schicke Dachwohnung im Berliner Westen. Was auch sonst? Es passte zu ihr. Funke ging zum Kühlschrank, holte die Champagnerflasche heraus, die sie als Gastgeschenk mitbringen wollte, und steckte sie in ihre Handtasche. Dann warf sie sich eine Jacke über, zog ihre schwarzen hohen Schuhe an und machte die Haustür hinter sich zu.

Es war genau richtig, jetzt einmal abzuschalten, redete sie sich noch einmal selbst zu. Der perfekte Zeitpunkt. Dennoch musste sie an Becker denken. Sie hatte ihm nahegelegt, sich auch eine Pause zu gönnen. Einfach mal ausschlafen. Immerhin war er die letzten Tage ziemlich krank gewesen. Und selbst wenn er das Schlimmste hinter sich hatte, brauchte er dennoch ein wenig Erholung. Er hatte sich viel zu sehr beansprucht. Funke stieg die Treppe in ihrem Hausflur hinunter und öffnete die Haustür. Direkt an der Straße geparkt stand schon ihr Taxi. Sie winkte dem Fahrer freundlich zu, stieg in den Wagen und nannte ihm die Adresse.

Sie ließ sich in das schwarze Leder der Rückbank fallen. Ihr war bewusst, dass Becker sich nicht an ihre Tipps halten würde. Als würde er jetzt eine Pause machen. Sie kannte Becker gut genug, um zu wissen, dass er jetzt erst richtig aufdrehen würde. Wahrscheinlich saß er gerade zu Hause und ging noch einmal alle Spuren durch. Glich alles miteinander ab, aus Sorge, irgendwas übersehen zu haben.

Funke zog ihr Mobiltelefon aus der Tasche und starrte auf den schwarzen Bildschirm. Vielleicht sollte sie ihn doch noch einmal anrufen und …Nein! Auf keinen Fall. Jetzt musste auch einmal Schluss sein. Becker war ja kein Kind mehr. Und sie erst recht nicht. Sie hatte ihm gesagt, dass sie heute Abend nicht erreichbar sein würde. Und das hatte er zu akzeptieren! Funke nahm sich vor, dass sie sich diese Freiräume in Zukunft häufiger gönnen wollte. Sie wollte nicht so enden wie ihr Partner. Sie wollte nicht, dass die Arbeit sie eines Tages genauso kaputtmachen würde.

Funke schaute aus dem Fenster. Sie fuhren durch die breiten Straßen Berlins. Es regnete. Auf dem Boden hatten sich Pfützen gebildet, in denen sich die Lichter der Stadt spiegelten. Auch wenn sie nun schon eine Weile hier in Berlin lebte, war sie doch immer wieder davon angetan, wie groß und vielfältig diese Stadt war. Sie fuhren vorbei an den Kneipen und Bars, aus denen Menschen herauskamen. Funke lächelte. Dann bog das Taxi in eine kleine Seitenstraße ein.

»Hier wären wir …«, sagte der Fahrer. Funke gab ihm ein gutes Trinkgeld und stieg aus. Der Regen hatte mittlerweile nachgelassen. Es tröpfelte nur noch ein wenig. Sie schaute sich um. Die Gegend hatte was. Beinahe die gesamte Straße bestand aus alten, gut erhaltenen Jugendstilhäusern, die typisch waren für den Berliner Westen. Nur ein Haus fiel aus der Reihe. Es war sichtlich moderner. Neuer. Auch wenn der Architekt ganz offensichtlich versucht hatte, den Stil der Umgebung einzufangen, war klar zu erkennen, dass es sich in seiner Eleganz noch einmal davon abhob. Vor dem Eingang war ein großer, sehr edel aussehender Torbogen, der mit einem Zaun verschlossen war.

Funke musste nicht lange raten, in welchem der Häuser Franziska wohnte. Zielstrebig ging sie auf das Gebäude zu und suchte das Klingelschild nach ihrem Namen ab. Doch auf ihr Klingeln gab es keine Reaktion. Merkwürdig. Funke schaute auf ihre Uhr. Es war zwanzig Uhr. Sie war pünktlich. Sie klingelte noch einmal. Das war sehr untypisch für Franziska, dass sie nicht reagierte. Etwas unsicher zog Funke ihr Mobiltelefon aus der Tasche und überlegte, ihre Freundin anzurufen. Oder sollte sie einfach noch einen kleinen Moment warten? Vielleicht hatte Franziska etwas vergessen und war noch kurz in einem Laden nebenan, um …

»Entschuldigen Sie bitte …«, hörte sie die Stimme einer älteren Dame, die sie aus ihren Gedanken riss. Funke brauchte ein paar Sekunden, um zu realisieren, dass sie der Frau den Weg versperrte.

»Oh, wie ungeschickt von mir«, sagte sie und trat von dem Tor weg.

Die ältere Dame lächelte und schloss es auf. »Sie wohnen auch hier …?«

»Nein«, sagte Funke und schüttelte den Kopf. »Ich wollte nur eine alte Freundin von mir besuchen, die hier wohnt, Franziska Schäfer.«

»Ach, die Franziska, die gute Seele«, freute sich die ältere Dame und machte einen beseelten Gesichtsausdruck. »Ja, ja, die kenne ich. Das ist ein tolles Mädchen. Immer so freundlich. Immer so hilfsbereit. Neulich hat sie bei mir geklingelt, um mich zu fragen, ob sie für mich einkaufen soll …«

Die ältere Dame öffnete das Tor und gab Funke zu verstehen, dass sie ihr folgen sollte. »Kommen Sie, kommen Sie …«

Funke schaute sich um. Vor dem eigentlichen Hauseingang gab es noch einen kleinen Hof, in dem eine große Esche stand. Sie wurde von einem Flutlicht angestrahlt, was sehr eindrücklich wirkte. Sie gingen auf das große Hauptgebäude zu. Ein bauliches Meisterwerk. Welch wunderschöne Jugendstil-Elemente! Außerdem schien der Architekt Liebhaber des Klassizismus zu sein, denn überall in der Fassade hatte er kleine Figuren eingebaut, die alten griechischen Statuen glichen.

»Sie haben es wirklich schön hier«, sagte Funke, die ganz begeistert von dem Haus war.

Die ältere Dame schloss die Haustür auf, und die beiden Frauen standen inmitten eines riesigen Eingangsbereichs. Ein moderner Kronleuchter hing von der Decke und erleuchtete alles. Eine Wendeltreppe führte hoch in die einzelnen Stockwerke, wo die Wohnungen lagen. »Kommen Sie«, ermunterte die Dame Funke, »Ihre Freundin wohnt im zweiten Stock, den Gang ganz durch, in der letzten Wohnung.«

Funke war sich ein wenig unsicher, ob sie einfach hier drin warten sollte, obwohl Franziska offensichtlich noch nicht zu Hause war. Draußen war jedoch gerade wieder ein etwas stürmischerer Wind aufgezogen, und es war nur eine Frage der Zeit, bis es wieder stärker regnen würde. Sie beschloss, bei ihrer Freundin zu klopfen. Vielleicht hatte sie ja auch einfach die Klingel nicht gehört. Sie verabschiedete sich von der Dame und stieg die Wandeltreppe hoch. Es musste schon etwas Besonderes sein, hier zu wohnen, dachte Funke. Sie kam sich vor wie eine Prinzessin. Von so etwas hatte sie als kleines Mädchen immer geträumt.

Als sie das zweite Stockwerk erreicht hatte, ging sie einen langen Flur entlang. Auf dem Marmorboden war das Klacken ihrer Stöckelschuhe zu hören. An den Wänden waren alte viktorianische Schirmlampen angebracht, die dem Raum eine ganz besondere Note gaben. Sie schaute auf die Namensschilder an der Tür. Dann fand sie die Wohnung von Franziska. Für einen kurzen Moment blitzten wieder die Erinnerungen an die Plattenbausiedlung auf. An den langen Hausflur, den sie entlanggegangen war. An die kleine Wohnung, in der es nach Verwesung roch. In der alles abgedunkelt war. An die Küche. An den Kühlschrank. An die Tüte mit dem Menschenfleisch.

Es war, als wäre sie hier in der absoluten Gegenwelt gelandet. Hier war nichts bedrückend und eng. Hier war alles groß und offen. Hier fühlte man sich nicht wie in einer abgedunkelten Höhle. Sondern wie in einem lichtdurchfluteten Palast.

Das Leben war manchmal schon ziemlich verrückt. Es war gerade einmal ein paar Stunden her, dass sie in dieser völlig anderen Welt war. Und jetzt das.

Plötzlich hörte Funke etwas. Musik. Nur ganz leise. Sie konnte nicht erkennen, was es war. Bach? Nein, Vivaldi! Es war eine fröhliche, treibende Musik, und je näher sie der Wohnung von Franziska kam, desto deutlicher hörte sie die ansteigenden Violinen. Funke lächelte. Es war alles wie in einem wunderschönen Traum. Die Wohnungstür, vor der sie nun stand, war aus einem feinen Buchenholz. Franziska schien zu Hause zu sein, denn die Musik kam ganz offensichtlich aus dem Inneren ihrer Wohnung. Sie klopfte zweimal an.

»Franziska? Ich bin es …« Keine Reaktion. Aber Funke merkte, dass die Türe offen stand. Sollte sie einfach reingehen? Nein, das wäre doch verdammt unhöflich gewesen. Auf der anderen Seite schien Franziska sie jedoch nicht zu hören. Sie versuchte es noch einmal und drückte die Tür dann leicht auf. »Franziska? Bist du da?« Sie ging einen Schritt in die Wohnung hinein und stand in einem riesigen Eingangsbereich. Von einem einfachen Flur oder einer Diele konnte keine Rede mehr sein. Es war wirklich imposant.

So langsam bekam Funke ein ungutes Gefühl. Nicht, dass irgendetwas passiert war? »Franziska? Bist du da?«, rief sie abermals. Sie ließ den langen Eingangsbereich hinter sich, ging vorbei an den vergoldeten raumhohen Spiegeln, die an den Wänden angebracht waren, staunte über die beiden randvollen Schuhregale und betrat das Wohnzimmer. Es roch ganz wunderbar in dieser Wohnung. Wahrscheinlich irgendein besonderer Raumduft, von dem sie noch nie etwas gehört hatte. Langsam streifte sie durch das Wohnzimmer und bestaunte die gerahmten Kunstdrucke, die an den Wänden hingen. Klassisches Art déco. Alles war wunderbar aufeinander abgestimmt. Der weiche Flokati-

Teppich. Das große geschwungene Sofa. Die Stehlampen mit Goldfuß. Die Spiegel. Und unglaublich, es gab hier sogar einen kleinen künstlichen Kamin. Franziska wusste wirklich, wie man eine Wohnung einrichtet. Für so etwas würde eine Innenarchitektin sehr viel Geld verlangen.

Plötzlich blieb Funke stehen. Sie kniff ihre Augen zusammen. Was ... war das? Vor dem Kamin lag etwas. Es sah aus wie ... nein, unmöglich. Franziska? Funke streifte ihre Handtasche ab und legte sie auf den Boden. Von einem Moment auf den anderen war sie komplett aus ihrer Unbefangenheit gerissen. Irgendwas stimmte hier nicht. Sie näherte sich dem Kamin, und tatsächlich, da lag ihre Freundin auf dem Boden. Gefesselt und geknebelt. Funke rannte zu ihrer Freundin. »Franziska, was um Gottes willen ist hier passiert ...« Sie versuchte die Fesseln zu lösen, als plötzlich die Musik aufhörte. In dem Raum wurde es komplett still. Franziska wimmerte und versuchte ihrer Freundin etwas mitzuteilen. Gerade als Funke ihr den Knebel entfernen wollte, merkte sie, dass jemand hinter ihr stand. Franziska riss die Augen auf. Funke wollte sich umdrehen, doch da war es schon zu spät. Sie spürte einen Schlag, gefolgt von einem dumpfen Schmerz, und innerhalb von Sekunden verschwamm alles vor ihren Augen. Sie spürte nur noch eine Müdigkeit. Eine unendlich tiefe Müdigkeit, bevor sie in die tiefste Dunkelheit hinabglitt, die sie jemals gesehen hatte.

5

Nichts. Immer noch nicht. Becker raufte sich die Haare. Er stand kurz davor, komplett den Verstand zu verlieren. Wie konnte das nur sein? Er versuchte es noch einmal. Wählte ihre Nummer. Hielt sich sein Mobiltelefon ans Ohr. *Ihr Gesprächspartner ist vorübergehend nicht erreichbar. Bitte versuchen Sie es später noch einmal.* Verdammt! Das konnte doch nicht wahr sein! Er griff das Whiskeyglas, das auf seinem Schreibtisch stand, und schmiss es gegen die Wand. Scheiße! Er schlug mit seinem Kopf auf den Tisch. In was für einen Albtraum war er hier nur reingeraten? Gottverdammte Scheiße! Er fühlte sich schrecklich. Das Fieber war zurückgekommen. Der Schweiß lief ihm über die Stirn. Sein Kreislauf stand kurz vor dem Zusammenbruch. Aber das war alles harmlos. Das Schlimmste war sein Kopf. Seine Gedanken. Seine Ängste. Sie schienen sich alle zu bewahrheiten. Oder bildete er sich das nur ein?

Nein, das tat er nicht. Irgendetwas stimmte nicht. Irgendwas war nicht in Ordnung. Seit einem Tag war Janina verschwunden. Er versuchte sie seit Stunden zu erreichen. Vergeblich. Ihr Mobiltelefon war abgestellt. Einfach so. Und zu Hause war sie auch nicht. Das war noch nie der Fall gewesen. Und das sah ihr auch nicht ähnlich. Dass sie untertauchte und sich nicht mehr meldete. Irgendetwas musste passiert sein. Und Becker wurde das Gefühl nicht los, dass das etwas mit dem Fall zu tun hatte. Oder war er einfach nur krankhaft misstrauisch? Vielleicht. Vielleicht könnte man ihm das nachsagen. In jeder anderen Situation. Aber nicht dieses Mal.

Becker zog das Blatt hervor, das er in der Wohnung gefunden hatte. Mit dem Foto von sich. Eine Bildschirmaufnahme. Gemacht von seiner Laptop-Kamera. Er hatte nichts von der Aufnahme gewusst.

Gleich nachdem er sie entdeckt hatte, rief er einen alten Freund an, der sich gut mit Technik auskannte. Er bestätigte Becker, was er längst vermutet hatte. Er hatte sich einen Virus eingefangen, der Zugriff auf sein Gerät hatte. Wie schlimm es wirklich war, wusste er nicht. Ob der Täter Zugriff auf seine Dokumente hatte? Das wäre eine Katastrophe. Aber das war nicht einmal das Schlimmste. Nicht jetzt. Nicht in diesem Moment. Hier ging es um ein Menschenleben. Um das Leben seiner Partnerin.

Becker hatte die letzten Tage und Wochen nur noch in seiner abgedunkelten Wohnung verbracht. Er hatte grausame Foren und die dunkelsten Seiten des Internets durchforstet, die er sich nur vorstellen konnte. Er war am Ende. Und dann noch dieses Fieber. Er hatte das Gefühl, vollkommen ausgebrannt zu sein. Am liebsten hätte er sich einfach nur noch hingelegt und eine komplette Woche durchgeschlafen. Aber das ging nicht. Heute noch weniger als gestern. Er musste herausfinden, was passiert war. Er musste wissen, ob Janina in Gefahr war. Wenn ihr irgendwas zustoßen würde – das würde er sich nie verzeihen.

Becker nahm eine Flasche Wasser und schüttete es sich ins Gesicht. Er musste jetzt wieder klar werden in seinem Kopf! Das war er seiner Partnerin verdammt noch mal schuldig. Die ganze Scheiße, die hier gerade passierte, war nur möglich, weil er nicht aufmerksam genug war. Weil er in diesem Fall unbedingt seinen Dickkopf durchsetzen wollte. Er machte sich ungeheuerliche Vorwürfe. Du musst das wieder ausbügeln. Und zwar sofort. Also denk nach, alter Junge. Was hast du übersehen?

Becker stand auf und lief in seinem Wohnzimmer auf und ab. Er versuchte, nicht in das zersplitterte Glas zu treten, das am Boden lag. Den Whiskey, der an seiner Tapete klebte, beachtete er nicht weiter. Er versuchte sich zu konzentrieren. Seine Gedanken zu ordnen. Dann ging er alles noch einmal durch. Der Reihe nach. Zuerst die Wohnung! Er fing an, seine Schläfen zu massieren. Er hatte mittlerweile herausfinden können, dass die Wohnung nicht vermietet war. Sie stand seit drei Monaten leer. Genauso wie der Nachbar es ihm gesagt hatte. Bevor die Wohnung neu vermietet werden würde, wollte man sie modernisieren, hatte man Becker gesagt. Es gab eine Hausverwaltung, die sich darum kümmerte. Deren Mitarbeiter waren die Einzigen, die einen Zugang hatten. Doch das machte es nicht einfacher. Bei der Hausverwaltung handelte es sich um ein großes, in ganz Deutschland tätiges Unternehmen. Hunderte von Mitarbeitern. Und sie alle hatten jederzeit die Möglichkeit, an die Schlüssel für die leer stehenden Wohnungen zu kommen. Vom Hausmeister bis hin zum Chef der Firma. Eine Kontrollmöglichkeit, wer sich wann Zugang verschafft hatte, gab es nicht.

Aber vielleicht war es auch kein Mitarbeiter, der die Wohnung genutzt hatte. Vielleicht war es jemand, der sich auf andere Weise Zugang verschafft hatte. Vielleicht war es sogar jemand, der noch immer in dem Haus wohnte. Möglicherweise hatte er mitbekommen, dass die Wohnung leer steht, und einen Weg gefunden, den Schlüssel nachzumachen. Becker war sich sicher, dass in der Wohnung etwas passiert sein musste. Auf dem Teppich hatte er neben der Erde auch eingetrocknete Blutspuren entdeckt. Sie wurden derzeit noch untersucht. Aber ein Zufall war das ganz sicher nicht. Nur der Name Johann Dohe war eine Sackgasse. Doch das war ihm auch schon vorher klar gewesen.

Aber was brachte ihm das alles? Gut, er hatte einen wahrscheinlichen Tatort. Das machte den Fall greifbarer. Er hatte die Hoffnung, dass die Untersuchung der Blutspuren und des Fleisches einen Hinweis auf die Opfer gaben. Dann hätte man einen neuen Ansatz, dem man nachgehen könnte. Aber möglicherweise war das zu spät. Viel zu spät. Er brauchte schnelle Ergebnisse. Er musste herausfinden, wer dieser Chefkoch war. Oder war das doch die falsche Spur? Hatte Chefkoch mit der Wohnung gar nichts zu tun? Nein. Unmöglich. Das Foto von Becker, das er in der Wohnung gefunden hatte – wer auch immer dort war, er musste wissen, dass Becker an dem Fall arbeitete. Er musste seinen Täter aus dem Internet kennen.

Becker konnte sich von dem Gedanken nicht lösen, dass alles miteinander zusammenhing. Er nahm seinen Laptop, der mittlerweile besser gesichert war, und meldete sich wieder im Forum an. Nach dem verpatzten Treffen im Tiergarten hatte er Chefkoch noch einmal geschrieben. Wollte wissen, was passiert war. Warum er nicht gekommen war. Doch er hatte keine Antwort mehr bekommen. Noch einmal schaute er in sein Postfach. Nichts. Nur der junge Mann hatte ihm geschrieben, der sich bei ihm beworben hatte, um gegessen zu werden. Becker hatte ihm geantwortet, dass er noch Bedenkzeit benötigte. Schöne Scheiße.

Er starrte auf den Bildschirm. Wer bist du, Chefkoch? Wo in dieser Stadt versteckst du dich? Er machte seinen Laptop wieder zu und starrte an die Wand, wo der Whiskey einen gelblichen Fleck an der weißen Tapete hinterlassen hatte. Dann nahm er sich noch einmal die Fallakten und ging alles durch. Seite für Seite. Becker hatte sämtliche Gespräche, die er mit Chefkoch geführt hatte, dokumentiert. Er hatte alles, was der gesichtslose Mann aus dem Internet jemals in das Forum geschrieben hatte, gesammelt und zusammengetragen. Becker hatte die Unterlagen Funke zur Durchsicht gegeben, die hatte an manchen Stellen Anmerkungen an den Rand geschrieben. Bei einer dieser Anmerkungen blieb Becker hängen. Sie stand neben einem der Rezepte. »Wie im Relinger Hof«, hatte sie notiert. Dazu ein lachendes Gesicht. Was meinte sie damit? Relinger Hof? Das sagte ihm nichts. Er öffnete seinen Laptop und gab den Begriff in eine Suchmaske ein. Ein Restaurant. Hier in Berlin. Richtig! Becker erinnerte sich, dass Funke erzählt hatte, dass sie dort mit irgendjemandem essen war. Aber was sollte diese Bemerkung?

Becker besuchte die Internetseite des Restaurants. Er sah sich die Karte an. Tatsächlich! Eines der Hauptgerichte, die dort angeboten wurden, klang beinahe genauso wie das Gericht, das Chefkoch im Forum eingetragen hatte. Funke hatte das Gericht wohl wiedererkannt, dem aber keine große Bedeutung beigemessen. Doch Becker war plötzlich ganz aufmerksam. Er begann im Internet weiterzusuchen.

Der Chefkoch im Relinger Hof war ein gewisser Johann von Grafenburg. Ein bekannter Berliner Koch. Becker setzte seine Suche fort. Er fand sofort zahlreiche Artikel zu ihm. Auch Rezeptempfehlungen in Tageszeitungen. Becker druckte sie aus und glich sie mit den Rezepten von Chefkoch im Forum ab. Tatsächlich. Es waren exakt dieselben Rezepte! Nur abgewandelt mit Menschenfleisch. Das konnte unmöglich ein Zufall sein! Chefkoch! Johann von Grafenburg! Becker war sich absolut sicher, dass er seinen Mann hatte. Noch während er weitersuchte, klingelte sein Mobiltelefon. Hektisch ging er ran.

»Ja, hallo? Janina?«

»Grüß dich, Bastian. Hier ist Claas. Vom Labor.«

Claas. Das Labor. Hatte er fast vergessen. »Ich hoffe, du hast gute Nachrichten für mich«, sagte Becker.

»Das hängt ein bisschen davon ab, was du unter ›gut‹ verstehst. Aber ich habe die Fleischstücke untersucht, die du uns geliefert hast – und ich habe nun endlich ein Ergebnis.«

»Und?«, fragte Becker aufgeregt. Das hier war eine wichtige Information, die über den gesamten weiteren Verlauf des Falles entscheiden würde, und …

»Du hattest recht«, sagte Claas. »Es handelt sich um Menschenfleisch.«

»Unfassbar …«, sagte Becker. »Ich wusste es!«

»Bastian. Ich habe aus allen Stücken Erbsubstanz entnommen. Wie es aussieht, sind die Stücke von zwei verschiedenen Menschen …«

Zwei? Das machte die Sache noch schräger. Bastian bedankte sich und rief sofort bei Bogatsu an. »Kami, ich habe Neuigkeiten.« Er nahm sich vor, ihr alles zu erzählen. Dass er neue Informationen hatte. Dass er in der Wohnung gewesen war. Und auch, dass Funke verschwunden war. Nur die Sache mit dem Foto, die wollte er zunächst für sich behalten. »Ich glaube, ich habe unseren Mann gefunden«, sagte Becker. »Jetzt brauche ich deine Hilfe!«

6

»Bleiben Sie einfach im Hintergrund, wir lassen das hier die Profis machen, in Ordnung?«

Becker nickte. Er lehnte sich an den Wagen, zündete sich eine Zigarette an und betrachtete den Berliner Himmel. Gerade ging die Sonne auf. Es war ein schöner Anblick. Ein oranger Streif durchschnitt die Dunkelheit der Nacht. Die Luft war frisch und kühl. Es roch ein wenig nach Schwefel. Ein neuer Tag brach an.

»Einheit eins ist bereit«, hörte Becker eine leicht verzerrte Stimme über den Funk. Rauschen. »Einheit zwei ist bereit.« Wieder Rauschen und Piepen.

»Gut«, sagte Bogatsu. »Auf mein Kommando …«

Becker nahm einen Zug und betrachtete das Gebäude vor ihm. Ein klassischer Altbau im Berliner Westen. Sie waren hier in einer der besseren Gegenden der Stadt. Gutbürgerlich. Wer hier wohnte, der musste sich das auch leisten können. Aber da hatte er bei Johann von Grafenburg keine Zweifel. Der Kerl war einer der berühmtesten Köche des Landes. Sein Laden war über Wochen im Voraus ausgebucht. Und er nahm Preise, die sich gewaschen hatten. Wer hätte gedacht, dass der Sternekoch noch ein düsteres Geheimnis hat? Becker schaute sich um. Es war komplett still. So erlebte man die große Stadt nur sehr selten. Kein Lärm. Keine Menschen. Keine Autos. Kein Leben. Selbst hinter den Fensterscheiben brannte nirgendwo Licht. Er schaute auf die Uhr. Es war noch früh. Kurz vor fünf. Dann schaute er rüber zu Bogatsu, die ein Funkgerät in der Hand hielt.

»Ich hoffe, dass sie wissen, was sie tun, Becker …«, sagte sie.

»Hoffe ich auch«, sagte er und zog an seiner Zigarette. Dann gab Bogatsu das Kommando.

»Zugriff!«

Becker sah, wie sieben bewaffnete Polizisten durch die Eingangstür des Hauses stürmten. Er sah, wie das Licht im Hausflur anging. Auf der Rückseite des Gebäudes waren ebenfalls einige Beamte versammelt. Es gab keine Möglichkeiten zu fliehen. Alle Ein- und Ausgänge waren gesichert. Aufgeregt tippte Becker von einem Fuß auf den anderen. Das musste jetzt klappen. Alles andere wäre …

»Hey, Becker, sind Sie okay?«

»Klar.«

»Sie wirken so angespannt, so kenne ich Sie gar nicht.«

Angespannt. Ja. Das war er. Aber er hatte dafür auch gute Gründe. Es war ein weiterer Tag vergangen, ohne dass er etwas von Janina gehört hatte. Mittlerweile hatte er wirklich Angst um sie. Es war klar, dass irgendwas nicht stimmte. Er hoffte einfach nur, dass er nicht zu spät war. Zu spät für … Er verbot sich selbst, den Gedanken zu Ende zu führen. »Ich bin Ihnen wirklich sehr dankbar, dass Sie das hier machen.«

»Ich mache das nicht für Sie«, sagte Bogatsu nüchtern. »Ich mache das, weil es mein Job ist, klar?«

Becker sog an seiner Zigarette und nickte. Er betrachtete wieder das Wohnhaus auf der anderen Straßenseite. Nun gingen im dritten Stockwerk die Lichter an.

Gebannt schaute Becker auf das Haus. Am liebsten wäre er mit den Beamten selber reingestürmt. Aber das ging nicht. Was sie wohl finden würden? Ihn und Chefkoch trennten nun nur noch wenige Meter. Nur noch eine Straße und eine Häuserfassade. Becker spürte, wie seine Hand zu zittern begann. Dann knisterte das Funkgerät.

»Gebäude gesichert. Zielperson festgenommen.«

Becker atmete durch. »Also gut«, sagte Bogatsu. »Lassen Sie uns reingehen.«

Die Kommissarin schmiss die Tür ihres Dienstwagens zu, gab den umherstehenden Kollegen ein Zeichen, dass sie hier warten sollten, und ging mit großen Schritten auf das Gebäude zu. Becker folgte ihr.

Immer wieder knackte das Funkgerät, das sie an ihrem Gürtel festgemacht hatte. Die Anspannung, die in der Luft lag, war beinahe körperlich zu spüren. Seit Wochen versuchte er herauszufinden, wer Chefkoch war. Und jetzt hatte er ihn. Jetzt würde er ihm endlich in die Augen blicken können. Von Angesicht zu Angesicht. Sein Herz raste. Becker betrat das Haus. Stieg die Treppen hoch. Nahm gleich zwei Stufen auf einmal. Er konnte es nicht abwarten. Dann erreichten sie den dritten Stock. Die Wohnungstür stand offen. Bogatsu trat ein. Becker folgte ihr. Das Parkett knarzte unter seinen Füßen.

Die Wohnung war hell erleuchtet, in jedem Zimmer brannte Licht, und es herrschte ein fürchterliches Durcheinander. Polizisten liefen umher und durchsuchten die komplette Wohnung. Becker hörte ein Kind weinen. Ein Kind? Er schaute Bogatsu fragend an.

»Er ist verheiratet«, sagte sie. »Zwei Kinder. Vier und sechs Jahre alt. Beides Jungs.«

Das hatte Becker nicht gewusst. Er schaute sich um. Auf dem Boden standen zahlreiche Schuhe. An der Garderobe hingen Jacken. Der normale Haushalt einer kleinen Familie. Becker betrachtete sich selbst in dem Spiegel, der an der Wand hing. Für einen kurzen Moment erschrak er. Er erkannte sich kaum wieder. Er sah aus wie ein Gespenst. Wie ein Zerrbild von dem Mann, der er einmal war. Keine Frage, die letzten Wochen hatten ihn gezeichnet. Becker wandte sich wieder ab. Dann ging er in das Wohnzimmer. Sofort fiel ihm die große Bücherwand auf. Becker suchte mit schnellem Blick die Buchrücken ab. Kochbücher aus aller Welt.

»Becker«, hörte er Bogatsus Stimme. »Kommen Sie.«

Becker machte sich auf den Weg ins Schlafzimmer. Und dann sah er ihn. In Handschellen auf dem Bett sitzend. Johann von Grafenburg. Das war er! Er spürte es sofort. Das war Chefkoch! Becker spürte eine innere Erregung. Er fühlte sich wie ein Jäger, dem seine Beute endlich ins Netz gegangen war. Da saß er nun. Becker versuchte sich zusammenzureißen. Bloß nicht durchdrehen vor lauter Aufregung. Professionell bleiben. Johann von Grafenburg. Er war ganz anders, als Becker ihn sich vorgestellt hatte. Ein großer Mann, ja. Aber er hatte nichts mit der übermenschlichen Bedrohung zu tun, die er in seinen Albträumen vor sich gesehen hatte. Da saß ein großer, aber hagerer Mann, Anfang sechzig, eine verbogene Brille auf der Nase, die Gesichtszüge sanft, aber traurig. Der Typ sah nicht so aus wie jemand, der einem anderen Menschen etwas antun konnte. Aber wer tat das schon? Becker schüttelte verächtlich den Kopf, ging einen Schritt auf den Mann zu.

»Wissen Sie, wer …«

»Becker!«, zischte Bogatsu ihn an und gab ihm ein Zeichen, dass das jetzt nicht der richtige Zeitpunkt war. Sie machte eine kleine Kopfbewegung, und Becker folgte ihr mit seinem Blick durch die offene Tür in das Kinderzimmer, wo eine Frau die beiden Söhne tröstete. Wahrscheinlich seine Ehefrau. Becker biss sich auf die Lippe. Die Kinder. Die würden das hier sicher nicht vergessen.

Bogatsu nahm ihn beiseite. »Wir werden ihn auf das Revier bringen. Dort werden wir mit ihm sprechen. Aber vorher müssen wir hier ein wenig Ruhe einkehren lassen. Der Mann hat Familie. Eine Frau und zwei Söhne, die wahrscheinlich gerade den Schock ihres Lebens erlitten haben und die Welt nicht mehr verstehen. Haben Sie noch etwas Geduld, okay?«

Becker nickte. Auch wenn es ihm schwerfiel. Er warf noch einen Blick auf dieses Häufchen Elend, das da auf seinem Bett saß. Nur in Unterwäsche. Die Beamten mussten ihn mitten im Schlaf überrascht haben. Dennoch schien er sich nicht gewehrt und kein unnötiges Drama gemacht zu haben. Alles andere als selbstverständlich. Becker hatte schon ganz andere Fälle gesehen. Er verließ das Schlafzimmer und streifte noch einmal durch die Wohnung. Es gab nichts Auffälliges hier. Es sah alles ganz normal aus. Aber was hieß das schon?

7

Becker nahm einen Schluck von dem Kaffee. Er schmeckte widerlich. Er verzog das Gesicht und stellte die Tasse wieder weg. Er fühlte sich wie ein Tier im Käfig. Er lief ein paar Schritte vor und zurück, wusste aber nicht wirklich etwas mit sich anzufangen. Immer wieder schaute er auf die Uhr. Wo blieb sie nur? Dann ging endlich die große Glastür auf und er sah Bogatsu den Flur entlangkommen. Becker eilte ihr entgegen.

»Das hat ja Ewigkeiten gedauert!«, fluchte er.

»Ganz ruhig, Becker«, fing sie ihn in ihrer kühlen Art sofort wieder ein. »Wir hatten vor Ort noch ein paar Dinge zu klären. Wo ist unser Verdächtiger?«

»Im Verhörraum. Aber sie lassen mich nicht rein.«

Bogatsu blieb stehen und musterte Becker. »Das erste Verhör werden *wir* übernehmen. Sie sind kein Polizeibeamter. Sie sind ein Berater, den wir dazugeholt haben. Es gibt Regeln, Bastian, das wissen Sie.«

»Kami, ich bitte Sie. Machen Sie eine Ausnahme. Lassen Sie mich zuerst mit ihm sprechen.«

»Keine Chance!«

»Kommen Sie schon, ich kenne ihn. Ich habe die letzten Wochen nichts anderes gemacht, als mich mit ihm und seiner Welt auseinanderzusetzen. Ich war in seinem gottverdammten Kopf! Ich weiß, wie ich mit ihm reden muss.«

Bogatsu schüttelte den Kopf und ging weiter. »Keine Chance«, wiederholte sie.

Becker atmete durch. Dann fasste er die Hauptkommissarin am Arm. »Warten Sie«, sagte er, zog ein Stück Papier aus seiner Hosentasche und drückte es ihr in die Hand.

»Was ist das?«, fragte die Hauptkommissarin und faltete es auf.

»Das hier, das habe ich in der Wohnung entdeckt, die wir untersucht haben.«

Bogatsu zog die Augenbrauen hoch. »Ich verstehe nicht ganz …«

»Das ist eine Aufnahme von meiner Laptop-Kamera. Die hat er von mir gemacht. Er muss irgendwie Zugriff auf meinen Rechner gehabt haben, während ich mit ihm geschrieben habe.«

Bogatsu entglitten die Gesichtszüge. »Und das haben Sie mir nicht erzählt, Becker? Haben Sie vollkommen den Verstand verloren?«

»Es hat die Ermittlungen nicht gefährdet und …«

»Das glauben Sie ja wohl selbst nicht! Ihr Verdächtiger, dem Sie sich unbefugt genähert haben, hat Sie überwacht! Wie lange ging das schon so? Wissen Sie eigentlich, was das bedeuten kann?«

»Ja, das weiß ich. Das weiß ich sehr wohl. Hören Sie, Kami, ich will nicht mit Ihnen streiten. Nicht jetzt. Dafür haben wir keine Zeit. Was ich Ihnen damit sagen will, ist, dass ich möglicherweise auch Janina in Gefahr gebracht habe. Wir müssen dringend herausfinden, wo sie ist. Sie schwebt wahrscheinlich in großer Gefahr.«

»Wir werden unser Bestes geben …«

»Das wird nicht reichen. Lassen Sie mich mit ihm sprechen. Ich bitte Sie. Es ist der letzte Gefallen, um den ich Sie bitte. Denken Sie an Janina. Es könnte sie das Leben kosten, wenn wir jetzt Zeit mit einer Standardbefragung vertrödeln.«

»Herrgott, Bastian! Das kann ich nicht machen, das wissen Sie!«

Becker nahm die Hände der Kommissarin und schaute ihr in die Augen. »Bitte machen Sie es trotzdem«, sagte er. »Nur dieses eine Mal.«

Es war eine absolute Verzweiflungsgeste. Er wusste nicht, wie er Bogatsu sonst überzeugen sollte. Die Hauptkommissarin zog ihre Hände weg, blickte auf den Boden und dachte nach. »Also gut«, sagte sie schließlich nach ein paar Sekunden. »Reden Sie mit ihm. Aber wir werden alles mit anhören. Und wenn Sie auch nur gegen *eine* Regel verstoßen …«

»Werde ich nicht«, sagte Becker und zwang sich zu einem Lächeln. »Versprochen! Und jetzt kommen Sie, wir haben keine Zeit mehr.«

Die beiden gingen den Flur entlang und betraten einen kleinen Raum, wo schon zwei Polizisten warteten.

»Guten Morgen«, begrüßte Bogatsu die Kollegen. »Ist der Verdächtige bereit?«

Einer der Beamten nickte. »Werden Sie selber das Verhör …«

»Nein, Becker wird das machen.« Die beiden Polizisten schauten sich an. Sie waren sich nicht ganz sicher, ob sie das gerade richtig verstanden hatten. Bogatsu wusste ihre Blicke zu deuten. »Es ist in Ordnung, das geht auf mich. Ich will, dass Sie das gesamte Gespräch aufzeichnen. Becker, legen Sie los. Und bauen Sie keine Scheiße.«

Becker nickte und betrat durch eine weitere Tür den Verhörraum. Er war recht groß und abgesehen von einem Holztisch und zwei Stühlen leer. Auf der einen Seite des Tisches saß Grafenburg. Er wirkte noch immer wie ein Häufchen Elend. Er war ein großer Mann, doch hier in diesem Raum wirkte er sehr, sehr klein. Er hatte eine graue Anzughose und ein weißes Hemd an. Grafenburg blickte auf den Tisch. Auch als Becker ihm gegenüber Platz nahm, reagierte er nicht.

»Guten Tag, Herr Grafenburg …«

Keine Antwort.

»Mein Name ist Bastian Becker.«

Keine Antwort.

»Ich würde mich gerne ein wenig mit Ihnen unterhalten.«

Am liebsten hätte Becker ihn sich gepackt und die Informationen aus ihm herausgeprügelt. Auch wenn das sonst nicht seine Art war. Doch er war angespannt. Extrem angespannt. Er wusste, um was es hier ging.

»Herr Grafenburg?«

»Ich rede nicht mit Ihnen ohne meinen Anwalt.«

»Ich wollte mich nur kurz …«

»Ich rede nicht mit Ihnen ohne meinen Anwalt.«

Becker hatte das Gefühl, er würde jeden Moment platzen. Er verspürte eine ungeheure Wut. Aber er musste sich zusammenreißen. Er durfte sich jetzt keine Blöße geben. Ruhig bleiben. Das Gespräch lenken. Es war seine letzte Chance.

Grafenburg machte jedoch weiterhin keine Anstalten, mit Becker zu sprechen. Er hatte seinen Punkt gemacht. Becker hatte schon befürchtet, dass es so laufen könnte. Einer der ganz harten Fälle. Irgendwie musste er das Eis brechen. Er musste jetzt mit dem Kerl sprechen. Er konnte sich keine weitere Verzögerung mehr erlauben. Das ging einfach nicht.

»Aber Herr Grafenburg, wir haben doch schon so oft miteinander gesprochen. Damals waren Sie sehr viel mitteilsamer.«

Das zeigte Wirkung. Grafenburg erwachte aus seiner gespielten Ruhe und hob den Kopf, um sein Gegenüber anzuschauen. Er musterte Becker von oben bis unten. Versuchte ihn irgendwie einzuordnen. Man konnte regelrecht sehen, wie es in seinem Kopf arbeitete. Dann schüttelte er den Kopf. »Ich kenne Sie nicht.«

»Vielleicht erinnern Sie sich an meinen Namen. Ich bin der Schneefänger, Herr Chefkoch.«

Grafenburg schluckte. Das war genau die Reaktion, die sich Becker erhofft hatte. Der Name ließ ihn nicht kalt. Er wusste jetzt, wem er hier gegenübersaß.

»Ich weiß nicht, wovon sie reden«, sagte Grafenburg noch einmal und wandte seinen Blick ab. Aber seine Aufregung wuchs.

Becker schwieg. Beinahe eine ganze Minute sagte er gar nichts. Er wusste, dass Stille für viele Menschen nur schwer zu ertragen war. Und tatsächlich. Irgendwann hielt Grafenburg es nicht mehr aus. »Warum bin ich hier? Was wollen Sie von mir?«

»Man hat Sie doch bereits aufgeklärt.«

»Man hat mir gesagt, dass ich unter Mordverdacht stehe! Das ist lächerlich«, sagte er nun lauter. »Ich habe niemanden ermordet. So ein Unsinn!«

Als Becker nicht reagierte, wurde er wieder stiller. Man sah ihm an, dass ihn die Situation überforderte. Eigentlich wollte er lieber schweigen, weil er wusste, dass es klüger war. Aber er hatte offensichtlich auch ein Mitteilungsbedürfnis, das immer wieder aus ihm herausbrach. Becker wollte das nutzen. Und versuchte erneut, ihn aus der Reserve zu locken.

»Sie stehen im Verdacht, zwei Menschen ermordet und verspeist zu haben.«

Grafenburg verschluckte sich beinahe, als er das hörte. »Das ist doch völliger Quatsch. Unsinn! Eine Frechheit! Ich habe niemanden ermordet. Und erst recht niemanden verspeist. Sie haben wohl den Verstand verloren!«

»Als wir uns miteinander unterhalten haben, da wirkten Sie von der Idee aber gar nicht so abgeneigt.«

»Ich kann mich nicht erinnern, dass wir uns jemals unterhalten haben …«, sagte er, wurde dabei aber wieder deutlich ruhiger.

»Erst letzte Woche noch«, half Becker ihm auf die Sprünge. »Sehr schade, dass Sie unsere Verabredung im Tiergarten haben platzen lassen.«

»Ich wusste es«, sagte Grafenburg leise, beinahe flüsternd. »Sie sind ein Polizist.«

»So was in der Art«, bestätigte Becker.

»Ich wusste gleich, dass etwas mit Ihnen nicht stimmt.« Er verzog sein Gesicht. »Mein Gefühl hat mich nicht getäuscht.«

»Und dennoch sitzen Sie jetzt hier. Sie geben also zu, dass Sie unter dem Namen Chefkoch in einem Internetforum …«

»Ach«, stieß Grafenburg einen verächtlichen Ton aus. »Das war doch Spinnerei. Was ich in einem Forum schreibe und was ich im echten Leben mache, sind zwei Paar Schuhe.« Er senkte wieder den Kopf. Dass Becker über seine Internet-Tätigkeiten Bescheid wusste, schien ihn zu verunsichern.

Becker legte ein Blatt Papier auf den Tisch vor sich. »Erinnern Sie sich daran, das geschrieben zu haben?«

Grafenburg nahm das Blatt gar nicht erst in die Hand. Schielte nur abfällig drauf. Es war bedruckt mit einer Auswahl seiner Äußerungen aus dem Netz. Äußerungen, die recht eindeutig waren.

»Ich frage Sie noch einmal, warum bin ich hier?«, beschloss er nun, selber auf Angriff zu schalten. »Weil ich irgendeinen Unsinn im Internet geschrieben habe? Ist das der Grund dafür, dass Sie um halb sechs Uhr morgens meine Wohnung stürmen? Meine Familie verängstigen?«

Grafenburg war trotzig. Dennoch merkte man ihm eine gewisse Unsicherheit an. Dass man ihn mit seinen eigenen Aussagen konfrontierte, kam wohl unerwartet.

»Sie geben also zu, dass Sie das geschrieben haben …«

»Ja«, sagte Grafenburg. Er zögerte. Dachte nach. »Ja, ich habe das geschrieben. Ja, ich bin Chefkoch. Ist das denn verboten?«

»Die Fantasie zu haben, einen Menschen zu verspeisen, ist nicht verboten. Diese Fantasie aber umzusetzen, schon.«

»Hören Sie!«, empörte sich Grafenburg und stützte sich mit beiden Händen auf dem Tisch ab. »Ich habe niemanden umgebracht. Was reden Sie denn da? Es sind reine Fantasien.«

Becker legte zwei Fotos von der Wohnung in Ostberlin auf den Tisch. »Sie kennen diese Wohnung nicht?«

»Nein!«, sagte Grafenburg. »Was soll das für eine Wohnung sein?«

Becker hielt inne. Er beobachtete den Mann, der ihm gegenübersaß. Versuchte ihn zu greifen. Ihn zu verstehen. Er schien ihm sehr wechselhaft zu sein. Auf der einen Seite war er in sich gekehrt. Auf der anderen Seite regelrecht aufbrausend. Irgendwas stimmte da nicht. Er versuchte es noch einmal.

»Sie geben zu, dass Sie davon geträumt haben, Menschenfleisch zu essen?«

Grafenburg verschränkte die Arme vor seinem Bauch und blickte wieder auf den Boden. Er wurde rot. Es war ihm sichtlich unangenehm. »Ja«, sagte er nach einer längeren Pause. »Ja, das gebe ich zu. Ich war in diesem Forum angemeldet. Und offenbar habe ich in diesem Forum auch mit Ihnen geschrieben. Ich stehe dazu. Aber ich habe um Gottes willen niemanden umgebracht! Es war nur eine Fantasie.«

Grafenburg zögerte abermals. Dann legte er seinen Panzer ganz unerwartet ab. »Es war nur eine Fantasie«, wiederholte er nun mit sanfterer Stimme und schaute Becker an. »Ich bin Koch. Einer der besten im Land. Ich ... experimentiere mit Lebensmitteln. Ich versuche immer wieder etwas Neues zu erschaffen. Und ja ... ich gebe zu, dass das Thema Menschenfleisch auf mich eine ... eine Anziehungskraft gehabt hat.« Er ließ eine kurze Pause. Rang erneut um Worte. »Eine Anziehungskraft, die es nicht hätte haben dürfen. Aber ich habe das niemals in die Tat umgesetzt. Ich habe es nie ausprobiert. Es war eine Art ... Rollenspiel. Ein Rollenspiel, das nur in meinem Kopf stattfand.«

Becker hatte das Gefühl, dass der Mann die Wahrheit sagte. Es schien, als wäre es ihm unangenehm, bei seinen Aktivitäten im Netz entdeckt worden zu sein. Wenn man ihn darauf ansprach, wurde er kleinlaut. Wenn es aber um die Mordvorwürfe ging, wehrte er sich mit aller Kraft.

»Wieso haben Sie mich überwacht?«, fragte Becker.

»Wie bitte?«

Er legte das ausgedruckte Bild von sich auf den Tisch. Grafenburg nahm es in die Hand, schaute es sich an, blickte abwechselnd auf Becker, dann wieder auf das Bild.

»Das sind Sie«, stellte er fest.

»Richtig«, sagte Becker. »Und Sie haben dieses Bild aufgenommen. Indem Sie mir einen Virus aufgespielt haben.«

Grafenburg schüttelte den Kopf. Er blieb ruhig. »Nein«, sagte er. »Ich soll einen Polizisten überwacht haben? Ich soll jemanden ermordet und verspeist haben? Das ist doch irre!« Er musste beinahe lachen. »Ich bin ein Koch. Ich weiß nicht, wie man in andere Rechensysteme eindringt. Selbst wenn ich wollte, könnte ich das nicht!«

Becker fühlte, wie ihm das Blut in den Kopf stieg. Er wusste, dass er gegen den Mann, der ihm hier gegenübersaß, nichts in der Hand hatte. Und dann kam noch hinzu, dass er ihm glaubte. Hatte er tatsächlich den Falschen? War Chefkoch gar nicht sein Mann?

Becker versuchte es ein letztes Mal. »Wo ist meine Partnerin? Was haben Sie mit ihr gemacht?«

Grafenburg schaute ihn mit einem leeren Blick an. »Was für eine Partnerin? Was werfen Sie mir denn noch alles vor? Was soll ich noch alles gemacht haben? Herrgott …«, sagte er, und seine Stimme begann zu brechen. »Ich habe doch nichts gemacht … ich habe bloß … in einem Forum ein wenig herumgesponnen und …«

Becker sah, wie dem Kerl eine Träne über das Gesicht lief. Er schien langsam zu verstehen, in was für einer Situation er hier war.

»… und jetzt … bin ich in einem Verhörraum. Ein Spezialeinsatzkommando hat meine Tür aufgebrochen … meine Wohnung durchsucht … Meine Frau … meine Kinder … und … und mein Ruf. Wenn das rauskommt, dass ich in diesem Forum angemeldet war … Ich … dann kann ich mein Restaurant gleich schließen.«

Er legte seinen Kopf auf den Tisch und begann zu wimmern. Becker beobachtete ihn noch ein paar Sekunden. Dann stand er auf und verließ den Raum. Er wusste, dass es hier nichts mehr zu holen gab.

8

Der Falsche. Sie hatten also den Falschen gehabt! Becker lief durch sein Wohnzimmer und fasste sich an den Kopf. Alles war umsonst. Die ganze Arbeit. Die vielen Nächte im Forum. Und er war sich so sicher gewesen. Was für eine verdammte Scheiße! Becker fegte mit einer Handbewegung sämtliche Unterlagen und Bücher von seinem Tisch. Er wusste nicht, ob er wütend oder verzweifelt sein sollte. Wahrscheinlich war er beides gleichermaßen. Was hatte er da nur angerichtet? Nicht nur, dass er die Ermittlungen behindert und in eine falsche Richtung gelenkt hatte. Er hatte auch das Vertrauen der Polizei verspielt und vielleicht sogar das Leben eines Unschuldigen zerstört. Dieser Grafenburg tat ihm leid. Aber das Allerschlimmste war, dass er seine Partnerin wahrscheinlich in Lebensgefahr gebracht hatte. Noch immer hatte er keine Ahnung, wo Janina war. Ihr Mobiltelefon war weiterhin abgeschaltet. Und auch sonst gab es kein Lebenszeichen von ihr. Zwei Tage waren inzwischen vergangen. Becker raufte sich die Haare. Das konnte doch alles nicht wahr sein! Er hatte das Gefühl, dass er sich in einem Albtraum befand, der einfach nicht mehr enden wollte. Aber das Foto! Er hatte doch das Foto von sich gefunden. Wo konnte das denn sonst herkommen, wenn nicht von Chefkoch? Konnte es noch jemand anderen geben, der über die Ermittlungen informiert war? Vielleicht jemand von der Polizei? Handelte es sich um jemanden, der mit dem Fall vertraut war und ihn bewusst auf eine falsche Spur lenken wollte?

Becker ging zu seinem Wohnzimmerschrank, griff sich eine Flasche Whiskey und nahm einen großen Schluck. Dann noch einen. Er lehnte sich an die Wand und ließ sich mit der Flasche in der Hand zu Boden sinken.

Dann dachte er an seine Kindheit. An seine Jugend. Er dachte daran, wie er zum ersten Mal das Mikroskop benutzte, das sein Vater ihm geschenkt hatte. Und er erinnerte sich an das Gefühl, das er damals hatte. Es war das Gefühl, dass er die Welt noch einmal neu entdeckte. Dass er die Dinge, die ihn in seinem Alltag umgaben, noch einmal mit einem ganz anderen Auge sah. Vielleicht musste er jetzt wieder in diesen Zustand zurückfinden. Vielleicht musste er die Dinge, die ihn umgaben, noch einmal aus einem völlig anderen Blickwinkel betrachten. Alles vergessen, was er wusste. Alles vergessen, was er zu wissen glaubte. Das war der einzige Weg. Einfach von vorne anfangen. Bei null.

Becker stand wieder auf, begab sich an seinen Schreibtisch und atmete durch. Dann ging er noch einmal alles durch, was er hatte. Da war der Koffer. In dem Koffer waren die Knochen gefunden worden. Außerdem Federn und Erde. Und ein Buch. Das Buch konnte er mittlerweile zuordnen. Es hatte sie in eine unbewohnte Wohnung im Berliner Osten geführt. Nicht weit entfernt von dem Fundort des Koffers. In der Wohnung hatten sie Menschenfleisch gefunden. Blut. Und Erde.

Becker dachte nach. Erde! Das war ein gemeinsamer Nenner. Er brauchte die Laboruntersuchungen. Sie mussten unter den Papieren sein, die er in seinem Wutanfall vom Tisch gefegt hatte und die jetzt überall auf dem Boden verstreut lagen. Becker sammelte sie auf, bis er die gewünschten Unterlagen in der Hand hielt. Er las sie noch einmal aufmerksam durch. Auch die Erde war untersucht worden. Und siehe da. Sowohl bei den Proben vom Koffer als auch bei den Proben, die in der Wohnung gefunden worden waren, handelte es sich um Parabraunerde. Parabraunerde. Becker ging zu seinem Bücherregal und zog ein Fachbuch hervor. Parabraunerde. Das hatte er doch schon einmal gehört. Er blätterte es durch. Und tatsächlich. Das war keine normale Erde. Das war ein besonderer Boden, der nur in besonderen Gebieten vorkam. Und zwar in ganz bestimmten Regionen in Brandenburg. Wieso war er da nicht gleich drauf gekommen?

Becker suchte die Telefonnummer von der Hausverwaltung, die sich um die Wohnung kümmerte, und ließ sich zu seinem Ansprechpartner durchstellen.

»Becker hier«, bellte er aufgeregt in das Telefon. »Privatermittler, ich rufe für die Polizei Berlin an. Herr Braun, wir hatten vor ein paar Tagen schon einmal Kontakt.«

»Herr Becker, ich habe Ihnen damals schon gesagt, dass ich leider nicht herausfinden kann, wer sich Zutritt zu der …«

»Ich weiß, aber darum geht es mir nicht. Sie verwalten Wohnungen und Häuser nicht nur in Berlin, richtig?«

»Richtig, wir sind im gesamten Bundesgebiet tätig.«

»Welche Häuser verwalten Sie in Brandenburg? Um genau zu sein …«, Becker blätterte noch einmal in seinem Geologie-Buch herum, »… welche Häuser verwalten Sie in der Uckermark?« Die Uckermark war die nächstgelegene Region, in der diese Bodenart vorkam.

»Sie stellen Fragen«, stöhnte der Kerl am anderen Ende der Leitung. »Lassen Sie mich kurz nachschauen.«

Unruhig lief Becker mit seinem Mobiltelefon am Ohr eine Runde im Kreis. Es dauerte ein wenig. Dann endlich.

»Ja, in der Uckermark verwalten wir zwei Wohnungen und einen Bauernhof.«

»Einen Bauernhof?«

»Ja, der Besitzer ist vor einigen Wochen gestorben und …«

»Geben Sie mir sofort die Adresse!«

9

Alles war so leicht. Als würde sie schweben. Janina Funke betrat den riesigen Festsaal, die Schleppe ihres Kleides trug sie hinter sich her. Ein kühler Wind umspielte ihre Haare. Der alte Saal war fürstlich hergerichtet. Auf den Tischen war ein großzügiges Essen aufgebaut. Viele kleine Köstlichkeiten. Eine Kapelle spielte einen Walzer. Dann kam Franzi. Sie sah atemberaubend aus. Sie trug ein schwarzes langes Kleid, ihre Haare trug sie offen. Die beiden Frauen begegneten sich in der Mitte des Raums. Ihre Hände berührten sich. Dann begannen sie zu tanzen. Funke vergaß alles, was um sie herum geschah. Sie lebte nur noch in diesem Moment. In der Musik. In der Bewegung.

»Es wird Zeit.«

Sie spürte, wie ihr Gesicht das Gesicht von Franziska berührte. Ihre Körper bewegten sich einheitlich im Takt der Musik.

»Es wird Zeit.«

Plötzlich spürte sie einen brutalen Schmerz in ihrem Bein! Sie knickte ein, verlor das Gleichgewicht und schien zu fallen. Ihr Puls beschleunigte sich. Sie fiel und fiel. Jeden Moment musste der Aufprall kommen.

»Es wird Zeit, aufzuwachen!«, hörte sie eine Stimme und riss die Augen auf. Janina Funke war sofort hellwach. Ihr Kopf schmerzte höllisch. Ihre Arme waren gefesselt und ein Knebel steckte in ihrem Mund. Wo war sie hier? Was war passiert? Sie wusste nicht, was los war, aber sie war in Alarmbereitschaft.

»Du hast zwei Tage geschlafen«, hörte sie eine Stimme. »Ich glaube, das sollte erst einmal reichen.«

Funke versuchte die Informationen zu verarbeiten. Mit wem sprach sie? Was war geschehen? Sie schaute auf und sah Marcel. Marcel? Den kleinen Bruder von Franziska ... was machte er denn hier?

»Wo bin ich?«, fragte sie ihn.

Doch er antwortete nicht. Lächelte nur. Strich ihr über den Kopf. Er sah anders aus als bei ihrer letzten Begegnung. Irgendwie hatte er sich verändert. Die Haare fielen ihm nicht mehr ins Gesicht. Er hatte sie sich abgeschnitten. Und er wirkte auch nicht mehr so schüchtern und verunsichert. Ganz im Gegenteil. Er strahlte ein beinahe beängstigendes Selbstbewusstsein aus. Aber noch immer war Funke zu benommen, um zu verstehen, was das alles bedeutete. Zwei Tage hatte sie hier schon gelegen? Funke hatte überhaupt kein Gefühl mehr für Raum und Zeit.

Sie schloss die Augen und versuchte sich zu erinnern. Komm schon, Janina, streng dich an. Und dann fiel es ihr wieder ein. Sie war bei Franzi. Die schöne große Anlage. Der Hausflur. Die alte Dame, die sie zur Wohnung hochbrachte. Die offene Wohnungstür. Franzi, die gefesselt am Boden lag. Und dann verschwand die Erinnerung. Dann war da nur noch Dunkelheit.

Funke öffnete die Augen. Jetzt war sie hier. Auf dem Boden lag Stroh. Es roch nach Tieren. War sie auf einem Bauernhof? Sie versuchte, ruhig zu bleiben. So gut es eben ging in einer solchen Situation. Aber sie wusste, dass es nichts brachte, wenn sie jetzt die Kontrolle verlor. Sie schaute sich um. Links neben ihr lag ihre Freundin, sie war ebenfalls gefesselt und hatte die Augen weit aufgerissen. »Was soll das, Marcel?«, fragte sie. »Warum machst du das? Nimm uns die Fesseln ab.«

»Nimm es nicht persönlich, Janina. Ich hatte wirklich nicht geplant, dich da mit reinzuziehen ...«

»Mich in *was* reinzuziehen, Marcel?«

»Das ist eine Sache zwischen meiner Schwester und mir.«

Funke schaute noch einmal zu ihrer Freundin. Was wurde hier nur gespielt?

»Marcel, egal was ihr beiden für Probleme habt. Du musst das nicht tun.«

Was auch immer er hier vorhatte – es würde kein gutes Ende nehmen. Das war eindeutig. Marcel war mittlerweile aufgestanden und zu seiner Schwester gegangen. Er griff sie an den Haaren und zog sie einmal quer durch den Stall. Franziska verzog vor Schmerzen ihr Gesicht. Sie wimmerte durch das Stück Stoff, das er ihr in den Mund gesteckt hatte. Funke versuchte die Fesseln zu lösen, aber sie hatte keine Chance. Sie konnte sich kaum bewegen. »Was hast du vor?«, fragte sie noch einmal, weil sie nicht wusste, was sie sonst hätte machen sollen. »Sie ist deine Schwester.«

»Du wirst das nicht verstehen«, sagte Marcel. »Keiner kann das verstehen.« Er betrachtete Franziska, die vor ihm auf dem Boden lag. Nein, er wirkte wirklich nicht mehr wie der Marcel Schäfer, den sie einmal kannte. »Warte hier«, sagte er und ging aus dem Stall. Funke sah, wie ihrer Freundin die Tränen über das Gesicht liefen. Sie versuchte sie ein wenig zu beruhigen. Ihr gut zuzureden. Aber sie fand nicht die richtigen Worte. Wie denn auch?

Es musste doch irgendeinen Weg geben, hier rauszukommen. Aber wie? Zwei Tage. Wenn sie schon zwei Tage hier war, warum hatte sie dann niemand gefunden? Suchte man nicht nach ihr?

Es schien aussichtslos. Funke merkte, wie Franzi immer unruhiger wurde. Ausgerechnet Marcel. Er war immer so ein zarter Junge. War er wirklich imstande, den beiden etwas anzutun? Oder war das nur irgendeine Art von Schauspiel?

Und dann entdeckte Funke etwas. Jemand näherte sich dem Stall. Wer war das? Ein Mittäter? Ein Freund von Marcel? Sie kniff die Augen zusammen und versuchte etwas zu erkennen. Nein, es schien mehr so, als würde die Person hier zufällig vorbeikommen. Sie lief nicht gerade auf den Stall zu. Bewegte sich eher suchend auf dem Gelände. War das …? Funke schüttelte den Kopf. Nein, das konnte nicht sein. Völlig unmöglich. Oder doch? Becker? Hatte er sie tatsächlich gefunden?

Aber wie war das möglich? Bastian wusste doch überhaupt nichts von Franziska. Funke hatte sie nicht erwähnt. Wann denn auch? Es hatte sich in den letzten Wochen einfach nicht ergeben, über Privates zu sprechen. Becker war viel zu sehr in seine Arbeit vertieft gewesen.

Aber wie kam er dann hierher? Der Mann kam näher. Und tatsächlich. Es war ihr Partner. Es war Becker!

»Hallo?«, hörte sie ihn jetzt rufen. »Ist hier jemand?«

Marcel schreckte hoch. Er drehte sich um und sah Becker auf dem Gelände herumirren. »Scheiße«, flüsterte er. »Ausgerechnet der …«

Ausgerechnet der? Kannten die beiden sich? Funke verstand nun noch weniger als vorher, was hier passierte. Sie wollte gerade auf sich aufmerksam machen, da kam Marcel, nahm ihr den Knebel aus dem Mund und klebte ihn stattdessen mit Klebeband zu. »Schön die Klappe halten«, sagte er. Dann schloss er die Tür des Stalls und ging zu Becker. Sie konnte ihn durch die kleinen Spalten der Holztür sehen. Hinter seinem Rücken hielt er ein Messer.

Verdammt! Sie musste handeln. Und zwar sofort! Noch einmal schaute sie sich um. Der Wagen! Natürlich! Marcel hatte seinen kleinen Instrumentenwagen stehen lassen. Direkt neben Franziska. Das war ihre Chance. Sie schaute zu ihrer Freundin rüber und gab ihr durch eine Kopfbewegung zu verstehen, dass sie den Wagen direkt vor sich hatte. Franziska brauchte ein wenig, um zu begreifen, was ihre Freundin vorhatte. Schließlich aber begriff sie es und robbte etwas vor, um mit ihren Füßen an die Beine des Wagens zu kommen. Sie holte ein wenig Schwung, drehte sich einmal um und schaffte es so, den Wagen umzukippen. Die gesamten Instrumente landeten zwischen den beiden im Stroh. Funke versuchte eines der Skalpelle in die Hände zu bekommen. Sie rollte sich am Boden hin und her, bis sie es schließlich greifen konnte. Jetzt nur noch … sie brauchte ein wenig, dann hatte sie ihre Fesseln zerschnitten. Sie zog sich das Klebeband vom Mund, befreite Franziska und öffnete die Tür des Stalls. Sie musste sich die Hände vor das Gesicht halten, weil die Sonne sie so blendete. Sie schien sich auf einem riesigen Hof zu befinden, um sie herum war nichts außer Acker und Land.

Dann sah sie Marcel, wie er mit Becker sprach. Noch immer hatte er hinter seinem Rücken ein Messer in der Hand.

»Bastian!«, rief Funke. »Pass auf!« Die beiden Männer erschraken, und Marcel zog sein Messer hervor. Becker sprang zurück und hielt seine Hände abwehrend vor sich. »Ganz ruhig«, sagte er.

»Wie konntest du mich finden?«, fragte Marcel. Seine Augen waren weit aufgerissen. Die Ruhe, die er noch vor ein paar Minuten ausgestrahlt hatte, schien er vollkommen verloren zu haben. Er wirkte, als wäre er nicht mehr Herr seiner Sinne. »Sag schon!«, rief er. »Wie hast du es herausgefunden?« Er stach mit dem Messer einmal vor sich in die Luft. Becker wich einen Schritt zurück. »Ich habe dich beobachtet, Becker! Du bist nicht so schlau, wie du glaubtest.«

»Ja«, sagte Becker. »Du hast recht. Ich habe ziemlich lange auf das falsche Pferd gesetzt. Ich dachte, dass Chefkoch mein Mann wäre.«

»Nur Idioten würden ihre Taten im Internet preisgeben. Das wäre ein Anfängerfehler.« Marcel ging einen bedrohlichen Schritt auf Becker zu. »Das solltest du doch wissen. Als Ermittler. Traue niemals der erstbesten Spur.«

Becker versuchte beruhigend auf Marcel einzuwirken. »Und du bist kein Anfänger, richtig?«, sprach er ihm gut zu.

»Vielleicht bin ich das. Vielleicht bin ich das nicht. Aber was mir an Erfahrung fehlt …«, sagte er und tippte mit seinem Zeigefinger gegen seine Schläfe, »das mache ich hiermit wieder wett.«

Wieder machte er einen bedrohlichen Satz auf Becker zu. Wieder wich Becker rückwärts aus.

»Du musst das nicht tun«, sagte Becker. »Leg einfach das Messer weg. Glaub mir, du machst deine Lage nur noch schlimmer.«

Marcel fing an zu lachen. Es war kein natürliches Lachen. Es klang hilflos. Vielleicht auch ein Stück weit wahnsinnig. »Nimm das Messer runter, wir können dir helfen …«

»Niemand kann mir helfen außer ich mir selbst«, brüllte er. Seine Stimme überschlug sich dabei und er stach mit seinem Messer viermal in die Luft. Dann machte er einen neuen Satz auf Becker zu, doch dieses Mal wich Becker nur seitlich aus, drehte seinen Oberkörper zur Seite und holte zu einem Schlag aus. Er erwischte Marcel im Gesicht. Der verlor sein Gleichgewicht, fasste sich mit der linken Hand an die Wange und torkelte. Er hielt für einen kurzen Moment inne. Brauchte ein wenig, bis er den Schmerz fühlte. Er nahm seine Hand vor sein Gesicht und sah das Blut herunterlaufen. Becker hatte ihn erwischt.

Als würde der Anblick seines eigenen Blutes irgendetwas in ihm auslösen, stürmte Marcel nun kopflos auf sein Gegenüber zu. Becker ließ Marcel ins Leere laufen, doch der fuchtelte wild mit seiner Waffe herum. Und erwischte Becker am Bein. Becker sackte ein. Es war ein höllischer Schmerz, der seinen gesamten Körper durchzog. Ihm wurde für einen kurzen Moment schwarz vor Augen. Hilflos kniete er auf der Wiese und hielt sich sein Bein. Versuchte die Blutung zu stoppen. Jetzt war er ihm ausgeliefert.

Und dann …

Ein Schlag! Marcel ging zu Boden. Becker schaute auf und sah, dass Funke sich von hinten genähert hatte und Marcel mit einem Hammer niedergeschlagen hatte.

»Das kam genau im richtigen Moment«, sagte Becker und sank vor Schmerzen zusammen. Er fiel auf den Boden. »Glückwunsch«, sagte er. »Du hast unseren Kannibalen gefangen.«

»Unseren Kannibalen? Was hat das mit unserem Kannibalen zu tun?«

10

Becker legte seinen Kopf in den Nacken und atmete durch. Bogatsu reichte ihm einen Kaffee.

»Wie geht es Ihrem Bein?«, fragte sie.

Becker winkte ab. »Es wird schon wieder …«

Es war nun eine Woche vergangen, dass sie Marcel auf dem Bauernhof in Brandenburg gestellt hatten. Seitdem war viel passiert. Und der Fall war weitestgehend aufgeklärt. Ja, es war tatsächlich Marcel, der die Kannibalen-Morde begangen hatte. Aber nicht aus den Gründen, die Becker vermutet hatte. Auf dem Bauernhof wurden Blutspuren von zwei Menschen entdeckt. Wer die Opfer tatsächlich waren, ließ sich mittels einer DNA-Untersuchung feststellen. Das erste Opfer war ein Obdachloser. Ein Mann, den niemand vermisst hatte. Das zweite Opfer war der Chef eines kleinen Literaturverlags. Er hatte das Buch von Marcel abgelehnt, und Marcel hatte sich auf seine ganz eigene Weise an ihm gerächt.

Tatsächlich war das Verhör mit ihm recht außergewöhnlich. Marcel war sofort geständig. Er hielt einen langen Monolog, in dem er alle seine Taten zugab und begründete. Alles in allem war es recht wirr. Marcel schien schwere psychische Probleme zu haben. Er wollte ein Künstler sein. Ein Schriftsteller. Um die perfekte Geschichte zu schreiben, vergrub er sich viele Monate lang in Kannibalen-Foren, weil er der Ansicht war, dass er nur dort die perfekte Anschauung finden konnte. Er wollte den Fall, den er schrieb, auch gleich mit der Wirklichkeit in Einklang bringen. Also beging er einen Mord. Aber er wollte ihn wie einen Kannibalen-Mord aussehen lassen. Er legte falsche Spuren. Dass er einen Nebenjob bei einer Hausverwaltung hatte, die ihm unbegrenzten Zugang zu verlassenen Häusern ermöglichte, tat ihr Übriges.

Mit der Zeit steigerte er sich jedoch immer mehr in den Wahn hinein, dass er selber noch mehr erleben müsste, worüber er schreiben wollte. Und so kam es, dass er ein zweites Mal mordete. Bis zuletzt hatte er es allerdings nicht geschafft, das Fleisch wirklich zu essen. Der Ekel war zu groß. Er benutzte es bloß, um Spuren zu legen.

Wann genau er die Grenze zum Wahnsinn überschritten hatte, war schwer zu sagen. Das würden Psychologen klären müssen. Vielleicht war es in dem Moment, als seine Schwester ihm durch einen Zufall auf die Schliche gekommen war und er beschloss, sie ebenfalls umzubringen.? Doch auch wenn er ausgesagt hatte, dass es ihm nur darum ging, nicht aufzufliegen, glaubte Franziska, dass da noch mehr dahintersteckte. Vielleicht eine Art Neid auf ihr erfolgreiches Leben, das ihm immer verwehrt geblieben war. Vielleicht Demütigungen, die er in seiner Kindheit erlebt hatte und die sich in seiner Seele festgefressen hatten … seine wahren Gründe würde man vielleicht nie erfahren.

Becker betrachtete seine Partnerin. Er war froh, dass es ihr gut ging. Dass sie bloß mit einem Schrecken davongekommen war. Was für eine unglaubliche Geschichte, dachte er. Und was für merkwürdige Zufälle, die dieses seltsam verworrene Knäuel an unterschiedlichsten Geschehnissen letztendlich gelöst hatten.

Aber es waren immer noch genügend Fragen offen. Wie war es Marcel gelungen, Becker so bewusst auf eine falsche Fährte zu locken? Wie hatte er in seinen Rechner eindringen können? Das war genauso bemerkenswert, wie es erschreckend war. Marcel hatte die Ermittlungen geschickt beeinflusst, sie gelenkt, als wären sie ein Drehbuch, das er selber schrieb.

Becker nahm einen Schluck von dem Kaffee. Er schmeckte noch immer fürchterlich. Keine Ahnung, was sie hier in Berlin falsch machten. Wieso sie es einfach nicht hinbekamen, einen guten Kaffee zu kochen. Ist doch eigentlich nicht so schwer.

Auch wenn der Fall nun abgeschlossen war, beschäftigte er Becker noch immer. Selten hatte er sich so verlaufen, so sehr auf den falschen

Täter gesetzt. Er hatte den Abstand zum eigentlichen Fall verloren. Eine unangenehme Erfahrung. Becker hatte schon in vielen außergewöhnlichen Szenen ermittelt. Aber diese hier hatte ihm offenbar besonders zugesetzt. Auch wenn er Kannibalismus ganz nüchtern betrachten konnte, machte es etwas mit einem, so viel Zeit unter Menschen zu verbringen, die ihre abgründigsten Fantasien mit ihm teilten. Irgendwie konnte er sogar verstehen, dass Marcel irgendwann durchgedreht ist.

Becker schaute in den Raum. Bogatsu tippte etwas in ihr Mobiltelefon. Funke wirkte abwesend. Selbst wenn der Fall gelöst und der Täter gefasst war, hatten diese Ermittlungen Wunden aufgerissen, die noch lange brauchen würden, um zu verheilen. Becker wusste nicht, wie es weitergehen würde. Wie sein Verhältnis zu Funke sich entwickeln würde. Wie seine Zusammenarbeit mit der Polizei künftig aussehen könnte. Vieles lag in Scherben. Es würde seine Zeit brauchen, sie aufzukehren.

»Wollen wir?«, fragte Bogatsu. Sie hatten noch eine Nachbesprechung für den Fall angedacht. Funke nickte.

»Geht schon einmal vor«, sagte Becker. »Ich komme in zwei Minuten nach.« Die beiden Frauen verließen den Raum. Becker blieb zurück. Er schloss die Tür zu der kleinen Küche und zog seinen Klapprechner aus der Tasche. Er wollte sich ein letztes Mal im Kannibalen-Forum anmelden. Schauen, was in den vergangenen Tagen noch so geschrieben worden war. Er klickte sich durch die neuen Beiträge. Sie waren zahlreich. Und es war, wie er befürchtet hatte. Der Fall von Marcel hatte den Weg in die Medien gefunden. Und von den Medien in das Forum. In zahlreichen Beiträgen wurde der Mann gefeiert und verehrt. Als der neue Issei Sagawa.

Zum Autor

Mark Benecke, geb. 1970, ist Kriminalbiologe und Wirbellosenkundler. Er arbeitet und forscht zu rechtsmedizinisch-kriminalistischen Fragen und der Biologie des Todes. Unter anderem ist er insektenkundlicher Gutachter in bekannten Kriminalfällen und wissenschaftlicher Berater für Fernsehsender. Seine Bücher stürmen regelmäßig die Bestsellerlisten.